無名者

胡晴舫

Anonymity

Anonymity

Contents

人類的星空 005
我人不在此 013
那片我稱之為家的燈火 027
什麼都沒發生也都發生了 051
話已到了唇邊 057
無名的人 067
一個愛情故事 085
終於日本的村上先生 093

後父權時代 103
中央公園旁的客廳 113
暴露狂 123
鎖在公寓裡的狗 133
公寓人生 141
葬禮 147
路易和他的棒球帽 157
史太太與史先生 165
鎮上最寂寞的男人 173
城市變了 181
青春 193
早夭與凋零 205
無所謂快樂 213
沒有歷史的人 227
餘生 239
關於仰望的距離 281

人類的星空

兒時，每年過新年，父母帶我們出門旅行。當年的父母仍是一對年輕夫妻，沒太多生命經驗，買了一輛破舊二手車，一有假期，就載著年幼的孩子四處環島旅行。我對島嶼的記憶是這樣一點一滴累積，片段風景拼貼而成，烈陽下海邊的灰銀色鹽田，大風捲起平原碧綠稻浪的聲音，陡峭縱谷巖石間一條清溪蜿蜒而行，小鎮的招牌擠滿視線，大橋下滾滾濁流，以及滿座山林飛舞的彩色蝴蝶，非常之美麗繽紛，也有點不知從何而來的寂寞。

一年，上了梨山，正值嚴冬，滿目枯枝野林，前後無店，僅一間旅館，父母因為沒有事先預訂，整家子無法投宿。母親拿毯子墊高踏腳處，為我們孩子在後座鋪出一張床來，她與父親兩人坐在前座，放低椅背，當夜幕迅速籠罩了整座山林，我們全家就在隨著夜的腳步而緩緩冰凍中的車廂裡，準備度過難忘的冬夜。

但，夜晚並沒有帶來黑暗。四周原本應該黝黑不清，反倒越發明亮清晰。

原來是星星。頭一次，我見識了沒有光害的星空。

我抬起小小的頸子，眺望我以為該是深黑而扁平的天空，頂多加條瘦弦月，綴兩粒微弱星辰，宛如舞台上的布景。深冬夜晚，晴朗無雲，月色純淨，我驚異地發現，比月輪更耀眼的，卻是滿天輝煌星斗，密密麻麻，就像一大片難以想像尺寸的巨大織毯縫滿了燦爛碎鑽，只不過不是鋪在地面，而是鋪在天上。每一顆星星都顯得那麼近，璀璨爍亮，幾乎使我目盲，無法直視。星光深深淺淺，前前後後，對我顯現宇宙的浩瀚深度，不斷不斷不斷向四方延展，永遠無邊無際。我渾身起疙瘩，情不自禁伸長雙臂，用盡全力想要提升自己，彷彿只要踮起腳尖，拉長身子，高一點，再高一點，我就能觸摸天際，接近那些美好純潔的點點星輝。

我初次發現文學，就是這種一整座浩蕩宇宙在我眼前豁然展開的震撼。

而今人生中途，只要抬頭看一眼我的書架，我依然頓時全身戰慄，一再經歷首次目睹深邃星空的震撼。每一本書，都是一顆星。當人類發明文字那一刻，人類便創造了自己的星空。

關於文學是什麼，關於文學的功能，關於文學的目的，關於文學的形式，已太多重複討論，觀點精雕細琢，字詞繁複考究，且完全不具意義。

找個無雲的夜晚，看一眼星空，你就會領悟文學的意義。星星俯視眾生，一律平等，不歧視，不分類，不評斷；而卑微或偉大或善良或平庸，地上的人類也能回望。無論身在何處，只要抬頭凝視，星星就在那裡。星星只說最純淨的語言，從懵懂孩童到耄耋老人都能輕易明白那簡單的光芒，它直接向每一個人說話，不經過祭司或神棍，跨越時空，跳過世代，不用一座大而無當的巴比倫塔，你亦能懂得另一個人類的眼神。星星一點也不神秘，他們的存在便是為了所有迷路的水手領航。

星種浩繁，目不暇給，每個人類都能在天上找到屬於自己的星星。我從小收集了很多星星，我的書架就是我的星空。世上每一座偉大圖書館，大大小小書店，私人客廳的書櫃，桌上隨便放一疊書，都是星星收集站。

人類為何讀文學、寫文學，為何要創造一片屬於自己的星空，因為這就是人類會做的事。因為我們永遠在尋找彼此，我們溝通，互相說故事給對方聽，因為我們渴望對方的愛以及忠貞，因為我們深知己身的微不足道，總是想盡辦法保護生命的脆弱，力抗時間的殘酷。因為我們嚮往如星星一樣發亮，以照耀我們所鍾愛的一切。

我們每一個人終將無聲無息地死去，變成一塊冷冰冰的隕石，但當一個人類出生，他知道自己體內有一顆新星等待爆炸。所以不知過了多久之後，只要還有新的人類誕生，昂起小小頸子，他將對他說話，以最簡單的光芒，說最純淨的語言，告訴他，他體內有顆星星，如果他願意，他就會像一顆星星一樣明亮。

因為我們是人類，這就是我們會做的事。

我人不在此

到了陌地生（Madison，亦作麥迪遜，此處採用詩人羅智成的譯法），我才明白我擅長獨處。

第一學期，我還有室友。第二學期，有個女孩提前畢業回家，將租約未滿的單身房間轉租予我。交接鑰匙時，女孩說，獨居之後會無端衍生許多怪癖，好像有另一個人躲在你體內，平時避開常人注目，當四下無人，只剩下你自己，那個人便鬼魅般出現，控制住你的身體，支使你去做這去做那，而你就像遭附魔了一樣任其擺布。譬如，二樓有個男孩一回家就脫個精光，成天裸體走來走去，有時甚至直接光溜溜下樓取郵件。三樓住了一個博士班學生，只要在家便每隔十五分鐘痛苦號叫，彷彿昭告不祥，令人心驚膽戰，可是面對關心，他卻一派無事，笑容陽光得不得了。對門女孩愛放古典音樂，音量大到整棟樓簡直是音樂會現場，似乎預測別人遲早會來敲門抗議，她通常只放一兩首，馬上識趣不放了，隔幾個鐘頭，又故態復萌。從來沒人見過通道底那名男孩的長相，因為他似乎從不出門，只從信箱名字瞧出性別。

而她自己呢，她頓了一下，似乎猶疑著是否要告訴我祕密。女孩直髮垂頸，蒼白著一張清秀瘦臉，雖然房內只有我們兩人，她壓低聲音，幾近呢喃，深怕有人聽見：「我會半夜起床剁肉，天亮之後包餃子。」

而我搬進去之後很快也發現了自己的怪癖。原來我有潔癖。灰塵使我分心。只要屋裡有灰塵，便如萬蟻爬滿我心頭，我一行字都讀不了，坐也坐不住，必先起身清塵，才能回書桌。我尤其喜歡吸塵地毯，在房內磨蹭時，赤足感覺爽利。由於地毯是黑色，上面稍微沾點白色灰塵，肉眼就能看見，我會四肢著地，像條狗趴著，耐心十足用膠帶仔細黏起那些對世界一點威脅都沒有的纖塵，一邊構思我以為將來有機會寫下來的戲劇對白。

我就讀的戲劇系所就在公寓的對街，走路不到三分鐘。這並沒有讓我冬日清早七點摸黑去上課時心情好一點。到陌地生之前，黑暗的早晨只是文學的意象，就像冷冽的盛夏、冰凍的湖水、垂死的樹幹、無垠的雪地，用來暗示愛情的結束、生命的困境或戰爭的場面。在陌地生，那些文學想像變成熟悉的日常場景，推開窗子就能看見。

寒冬清早，人類發明的鐘錶指著六點五十分，大學道塞滿車輛，天空仍像我昨晚排戲回家時一樣黑，路人笑臉盈盈，互道響亮早安。我聽了頭都痛。上世紀六〇年代，這座校園以反越戰著名，成為美國左派思想重鎮，長久以來自由風氣瀰漫，城裡每個人都超級友善，不寬容一點點惡意。路上，即使八竿子打不著，只要兩人視線稍微接觸，立刻揚起頭，咧開嘴，眼睛直視對方，絲毫不得敷衍地認真微笑：「哈囉！」「嗨！」「早安！」「你好嗎？」「祝你有個愉快的一天！」那些招呼聲此起彼落，猶似大自然鳥囀，外地人會誤認全城都彼此認識，就像我以為湖面上的鴨群皆是朋友。後來我去了更遠的異鄉，時常發現自己不理解也不原諒人與人之間的歧視與排拒。

深冬早晨見不到太陽，難以呼吸也很平常。華氏零下三十幾度的空氣完美凍結在我周圍，彷彿無形的冰牆，一點漏氣的縫隙都沒有。生長於亞熱帶的我鼓動肺葉，撐大鼻孔，企圖鑿洞，從中抽點空氣不果，差點缺氧。我也不敢碰自己的耳朵，因為聽說冰凍的耳朵稍微一碰就會從腦袋掉下來。

我養成了湖邊散步的習慣。頭一次單獨離家，沒有什麼朋友，坐在湖邊觀看野鴨子划水成了我最大消遣。他們成雙結群，盤據一方湖水，除了覓食時刻略顯忙碌，大部分時候只是懶洋洋混在湖畔，偶爾下水，裝模作樣追逐嬉戲，卻不怎麼起勁，追沒一會兒便放棄了，瞇起細小眼皮，遙望對岸的林子。那些林子就像一座天然劇院，四季都有不同景色上演。

我總是坐在湖畔石塊上讀劇本，假裝那些鴨子是演員，昂頸擺尾在我面前排戲。雄鴨綠頭黃喙，一圈白領，腹部褐色，身軀灰白參雜，宛如英國紳士身著三件式西服，梳了油頭，還打了領結，望向湖水沉思的表情一絲不苟。當他從湖面振翅飛起，瞬間張開的羽翼閃出一抹燦爛寶藍，彷彿他在腋下私藏了湖水。雌鴨跟在他身後，低調樸實如節儉的妻子，不管潮流嬗變，身上始終穿著那件式樣早已退了流行多年的棕色洋裝，當初趁百貨公司大折扣才狠心買下來的，即使已照原價打了三折，付錢時她仍舊感覺強烈罪惡感，為了物超所值，她一再反覆穿，穿到袖口花邊損壞，她細心用針線補齊，照穿不誤。那些鴨子演不來莎士比亞、席勒、莫里哀、易卜生、亞瑟米勒或田納西威廉斯，也不能演布萊希特、梅耶荷德、貝克特、亞陶，勉強排一點契訶夫，但我發誓，他們最適合演日本能劇。保持上半身直立，壓低下半身走動，而且久久才一個動作，看得觀眾我昏昏欲睡。

當我從湖邊踱回家，必須經過州街。原本十五分鐘的路程，往往讓我走成兩小時。州街細細長長，算是校區內唯一有商業活動的市街，像一條帶子串起大學廣場與州政府，象徵了這座城鎮人口的組成。住在陌地生的人要不在大學念書或工作，就是在州政府做事。校區其他部分都是嚴肅的學術機構跟呆板的草地，要找氣氛混亂的咖啡館，只能上州街去。州街有鎮上唯一的唱片行、錄影帶出租店、墨西哥餐廳、劇院、漢堡店、時裝店，想得到的商店都有，但也都僅此一家，好像全部商家暗地約定不搶客源。

我在這條街流連忘返，就跟鴨子游湖一樣自在。我學會跟陌生人聊天。混跡人群，孤獨的人會認出彼此，略略點頭，淡淡笑意，有點「原來你也在這裡」的意思，雖然知道對方人不真正在此。隨機談話，有一搭沒一搭，不撩撥情慾，沒有企圖深交，真正蜻蜓點水，輕盈得很。有時，根本無須言語，只因一個奇裝異服的大學女孩走過，招引全部目光，我們這些無關緊要的路人甲、路人乙便會相視而笑，彷彿多年老友分享一個私密的玩笑。

州街底的州政府大樓長得像小號的國會山莊，四方身軀上蓋白色圓頂。繞過州政府，後頭有間咖啡館，平日中午專賣簡餐給附近上班的公務員。

周六早上，公務員不上班，學生從不往這頭來，整個州政府周邊頓成無人之境，車輛不見蹤影，街道寬敞，花圃靜謐，很久才一隻鳥慌慌張張飛過。不習慣睡懶覺的咖啡館老闆依然起早，捲起袖子，烘焙一個德國乾酪蛋糕。他只烤一個，而且只在周六上午。那是他德國母親的獨家祕方，平常日子生意忙，唯有周末他才騰空烤這個蛋糕，而這也成了他放鬆自己的獨家祕方。九點準備，十點半出爐，十一點剛剛冷卻了，我就會出現在門口，等他切下一塊給我。

老闆給了我蛋糕、熱咖啡和陌地生特產的微笑，便返身回廚房。周六早晨，永遠空無一人。咖啡館就像美國畫家愛德華霍普（Edward Hopper）畫裡那種典型的美式咖啡館，裝著巨大透明的玻璃窗，擦拭得一塵不染，裡頭桌椅式樣簡單，略微磨損，散發木頭的光澤。清澈陽光像湖水一樣流進室內，在地面和桌面上粼粼閃光。我的感官突如灌飽了水的植物慢慢舒展開來。我辨識了清風留在身後的足印，聽見雪花幽幽降落的嘆息，不需翻譯，我理解了樹木正在向我招手，而陽光發出溫暖的笑聲，逗弄我自以為的孤寂。

是的，我非常孤寂。但我沒有不快樂，因為，那一刻，我什麼都不是，我就是我自己。沒人肯定我，也無人否定我。我還不需要爭取他人的認同，仍沒有機會遭人誤解，不用為忽冷忽熱的友誼而自責失落，還未因社會際遇不遂而強烈自我懷疑，不必因愛情經營不善而悲傷哀愁。我注定不偉大，但我還沒開始瞪視自己的平庸，讓自憐變成習慣。我只是坐在那裡。仍是孩子，純潔如隻尚未上岸的野鴨子，渴望以自己的原始模樣平安長大。就這麼簡單。

我想，這是我為何從來不覺得霍普的畫流露孤獨，而是安詳。咖啡館裡，女人戴頂駝色帽子，身裹綠大衣，獨坐啜飲咖啡，或周日早晨，全部店家休息，穿著工作褲、白色汗衫沾滿油漬的勞工一屁股坐在人行道上，捲根菸慢慢吸著。霍普的畫裡，街景都安靜，人物都在沉思，深怕寂寞的人也許覺得他們看上去神情落寞，對生活感到疲倦不堪，我卻相信他們去到了一處其他人到不了、只有他們自己才有能力抵達的地方。

他們孤獨，然而，終於安靜。暫時，世間喧囂騷擾不了他們。他們可以好好想自己的心事，也可以什麼都不想。霍普的畫筆就像德國電影《慾望之翼》裡天使的那隻手，按上了那些成年人的肩膀，任他們耽溺於內心獨白。那一刻，他們當回他們自己。

三十歲那年，我出自好奇，去恆河岸邊的算命攤子算命。向來鐵齒的我抱著觀光客心態，只想打量這名年輕的印度算命師。為了讓我信服他對我未來的預測，他先從我的過去說起，像是我有個爸爸、還有個媽媽之類的。隨著我的嘲諷眼神加深，我那可憐的印度算命師低頭猛瞧我的星座圖，突然，他眼眸一亮，帶著勝利表情，抬頭看我，「妳二十三歲那年發生了一件事，讓妳變成妳。」我雙手合攏，放在腿上，還是很欠揍地回嘴，先生，如果你是指我大學畢業這件事，那肯定啦。出乎意料，他堅定地說，「不是，是另一件事。從此形塑了眼前這個人。」關於算命，我早有預設立場，因此他越堅持，我越否認。他越焦慮，我越竊喜。最後他放棄說服我，垂頭喪氣接受了我奉上的一點薄酬。我得意洋洋回到街上，繼續我的旅程。

此刻，這位架著細框眼鏡、長相像個博士班學生的印度算命師忽然浮現我眼前。他是對的。二十三歲那年夏天，大學畢業，我搭乘噴射機，飄洋過海，抵達陌地生。

那片我稱之為家的燈火

在我搬來香港之前，香港從來沒有在我夢裡出現過。

香港回歸中國那個夜晚，天上飄著細細毛雨。狂歡的人群伸長了他們的手臂，臉上又是醉意又是迷茫，個個腳步踉蹌，「上海灘」品牌所製成的鮮麗長袍和瓜皮小帽被雨水和汗水淋溼，因而發皺變形。午夜一到，路邊的香港警察頭頂戴著的警帽馬上從英國皇家警徽變成了中國國徽。老外嘖嘖稱奇，沒看見他們怎麼變的戲法。我目瞪口呆盯著站在我面前的中年香港警察，他朝我眨眼，「這是魔法！」

沒多久，我住進了香港島。以往不愛說普通話的廣東人開始說普通話，雖然他們的生活方式似乎依然一成不變，喝早茶、趕地鐵、買時裝、讀馬經、話八卦、啖海鮮、打麻將、管孩子、玩股市、買房產，他們的神態總是有股就算明天起床天塌下來了也會把日子這麼過下去的滿不在乎，他們的語言總是有股不然你把我怎麼樣的挑釁。

來不及問怎麼回事，香港快速殘忍的生活節奏很快把一個異鄉人捲了進去。

這座城市永遠充滿嘈雜的活動。沒有一座大樓不在進行裝修，一年到頭總是聽見蓋房子跟整公寓的工程噪音；私家轎車呼嘯而過，緊跟著雙層巴士、小型巴士、垃圾車，輪胎煞車的尖叫聲混雜引擎的加速聲，路上行人不由得拉高了嗓門，企圖把句子吼進同伴的耳朵裡；商店為了招攬顧客大聲放著搖滾樂；轉角路邊一家大型企業正用擴音器從事市場推廣活動；餐廳裡的客人個個大呼小叫，看上去好像在吵架，其實不過在跟家人交代周日郊遊的事情。

很快地，我就習慣了茶餐廳服務生拿奶茶過來時一定要重重放下的氣勢，菜市場小販幾乎是命令式地問我到底要買幾兩蒜，香港老闆在我達不到目標時大聲叫我去死算了，巴士司機在我說不清楚那裡下車時便連珠砲地咒罵。剛開始的錯愕，沒隔幾日，便被淡淡的譏諷感取代。我也學會廣東人的聳肩，跟那種不然你要我怎樣的吊兒郎當。

生命太短暫，沒得浪費，也沒得浪漫。你快快說完，快快做完，快快弄完。我還忙著要賺下一筆錢呢。

我夢不見香港這樣的城市。上帝創造不出香港這座城市，只有人類自己才有能力。

很快我迷上了天星小輪。尤其傍晚，坐在九龍往港島開駛的渡輪上，夜幕剛垂，天空仍是深黝的黯藍色，中環、金鐘、灣仔一帶的大樓窗口逐漸浮現點點光輝，隨著夜色加深，不一會兒，整座香港島變成鑽石寶山，漂浮於穹蒼與海洋之間，發出不真實的童話光芒。那一刻，我又變成多年前剛剛進城的異鄉人，帶著虔誠的朝聖心情，敬畏地看著眼前的輝煌城市。

但，也是那個魔幻時刻，我會突如其來地悲傷。一股關於生命本質的終極哀愁會像一陣不知從何而來的海風，吹上渡輪，襲倒我。

那片繁華燈火縱使再輝煌，擁有燒乾夜空的神力，天亮，終究會熄滅。

香港使我時常思索時間的意義以及無意義。天天沿著港島陡坡，拾階上上下下，滿身是汗，穿梭於櫛次鱗比的人造石林之中，我的腦海總是浮現聖修伯里所描述的沙漠的夜晚，天上的繁星與地上的沙子一樣無窮無盡，綿延不絕，沙漠與星星，對看不知幾十億年，遠在人類出現之前，遠在人類發明時間之前。比時間更古老，比星空更邈遠，我在一座時光宣稱是借來的城市裡想像那種人們稱之為永恆的存在，但我無論如何怎麼想，都不真正明白那是怎樣一個概念。

二十幾歲到香港，我接受了沒有永恆這件事。無止盡的是過渡。什麼都是過渡，什麼都在過渡。我這個人也是過渡。今日我在，明日我不在。誰敢宣稱，明日還能沿著昨日的步子走來，當今日已這麼空虛。

那片燈火那樣美，美得令人心碎，因為那種美法帶著末日的絕望。

二〇〇三年非典型肺炎這塊不祥黑雲濃密籠罩香港上空時，我由北京飛回來。一向旅客川流不息的赤鱲角機場冷清空曠，幾無人影，天花板高闊，室內氣溫低如極地，凍得人雞皮疙瘩，臂上寒毛直豎。整座機場彷彿一間投資時間錯誤的豪華酒吧，牆面掛著寬闊的電視螢幕，供應新鮮啤酒與各式零食，高腳椅鑲上皮面椅墊，吧台原木檯面有著美麗紋理，準備好了夜夜笙歌，卻因為遠方傳來戰爭消息，股市臨時崩盤，城內一陣恐慌，酒吧雖按時隆重開幕，卻苦等不來客人。

一九九七年之前想走的人都走了，非典型肺炎再次驅走了一大批。房價暴跌，門市不斷打折，餐廳推出低價套餐，商店照舊開門卻一筆生意也做不成，街道空蕩宛如地球毀滅的隔日清晨，對死亡的恐懼終於擊敗了人們對資本生活的迷戀。

原住處租約到期，我隨便挑了一家地產仲介小鋪，不是美聯物業，也不是中原物業，窄得只能擺下兩張桌子，陳先生獨自一人坐在裡面。我入門後，兩人得站著講話，連讓我坐下來的位子都沒有。這是我的盤算，我以為小店才有便宜公寓出租，而我確實是對的。城市生活總是那麼層層疊疊，每個人各自在縫隙中鑽營生活，每個日子的細節皆在與這座城市比腕力。

有張長臉的陳先生站起來之後身子也長，背微駝，臉龐因為長年日曬而黝黑泛斑，架副斯文金框眼鏡，眼角跟嘴角一齊往下垂，看起來操勞過度，因為睡眠不足而眼皮浮腫，雙眸無神，鼻頭泛油，乍看他外貌近六十歲，但我猜他實際年齡頂多四十出頭。他戴著口罩，默默聽取我想要留在港島的寒酸預算。我當時來了香港多年，換了幾份工，薪資跟股市一樣暴漲暴跌，住處坪數跟著放大縮小，縱使瘟疫接收了這座城市，活在死神的淫威下，小市民仍困在必須努力平衡收支的日常之中。

房屋仲介商在香港就跟精神醫師在紐約一樣，收藏了全城人的骯髒秘密。誰是正牌闊太，誰是吹牛騙子，誰是投資豪客，誰是股市暴發戶，誰是老實薪水族，他們一眼便清清楚楚，雷射光透視來著。

尤其陳先生眼底有真正的疲倦，好像這一生住香港，當香港人，坐看雲起日落，瞧遍千船萬帆行過，即便眼下突然發生了什麼殘酷無人性謀殺案或億萬金融大騙局，再不能令他吃驚。他的確也沒有嘲笑我的租金預算，像周星馳電影裡的人物，卡通式地甩我兩巴掌，誇張搖落我肩膀，喊我醒醒，把我丟出店，先去發財再來。他只是從牆上俐落拿了兩把鑰匙，帶我去看屋。

銳利陽光從高樓縫隙中直直切落，切蛋糕似地，將城市切成好幾塊。我跟在陳先生後頭沿著山腰往西走，爬上坡，來到變窄了的羅便臣道，濃密綠蔭及時出現，擋住了烈陽的轟炸。瘟疫蔓延的季節，香港的街道遭到遺棄，宛如張愛玲筆下二戰遭到空襲的香港，什麼都沒有了，只剩下太陽。到處都是太陽。回到最原始的荒涼，回到最初。那些終夜不熄的繁花燈火，那些腰纏萬貫的跋扈，那些蝕骨的男歡女愛，那些嗡嗡鬧鬧的市井喧囂，通通未曾發生過。香港又裸成了一座島，如此這般，沒有了。

外國人全攜家帶眷離開，有其他護照的香港人也走了。港島半山幾乎全空，房子租不出去，菲傭大量失業，女子俱樂部、遊艇俱樂部裡的那些在九七之後仍趾高氣揚維持殖民地生活的白人，扔下他們的私人俱樂部，像丟棄扛不動的過重行李，逃難去了。我和陳先生是唯二走在路上的人類，一前一後，靜默行進，耳邊只有鬧烘烘的太陽噪音，整個腦子都快熔化了。

陳先生帶我進一棟殖民風格的老樓，沒有停車位，沒有會所，電梯是最老式的，不會自動開闔，還要動手拉上鐵柵那種，他一邊向我解釋，所以才租金便宜，因為一般香港家庭愛附帶會所的新樓，家裡有老人小孩的，更需要摩登電梯，這種老樓對他們來說極不方便，連停車位都沒有。但對我這種無車族很好，因為門口就是小巴的起站，直接下山接駁地鐵。陳先生只瞥了我一眼，便滔滔不絕分析了我的情況，在我從沒提供任何私人資料的情況下。而他完全精準，像鐵嘴算命一樣。

老樓依山而建，我將會住下的地面樓，從最底層算上來其實是三樓高，上頭還有三層，一共六樓。從正門走進去，右邊經過三戶人家，第一戶我往後從來不曾遇見過，連住了多少人都毫無概念，第二戶獨居一位中風老太太，午後常由菲傭扶出來在走廊散步，第三戶換過幾個國泰空姐，總是來來去去，碰了面依然是職業性的笑容，彷彿我是機上的乘客，左邊是空間開闊的天井，老式欄杆釉上綠漆，掛了花盆架，擺上幾盆大型九重葛，一年四季翠綠如春，開出紫紅色小花，清晨及黃昏，清風婉約，滿枝繁花輕曳，有時大雨滂沱，雨水噴濺到走廊來，那時整棟樓總是安靜得有點淒美，好像時間是一片大海，而這棟樓正不知要漂往哪兒去，年輕的我總是因此感到難以解釋的惆悵，傻傻站在溼漉漉的走廊上，任雨點打在身上，久久，忘了進門。

不知雨水過於冰冷還是那股突如其來的清明感，讓我無來由顫抖。我總是告訴自己千萬別忘記。

記住此刻。永不遺忘。此刻，我這個人站在此裡，香港西半山一棟舊樓走廊上。多麼奇異。這樓，這公寓，這走廊，往常住了誰，這雨曾經溼了誰，我跟九重葛都是後來的，之前都是哪些花開在這片香港山水，他們快樂嗎，喜歡噴在身上的冰冷雨水嗎，雨水從他們肌膚滑落而去時，皆夾帶了他們體溫才流入大地，變成了香港的一部分。我真切明白，就在這裡，當下此刻，已是我的青春年華了，無論我喜不喜歡，事情是否會照我的主觀意願走，皆已發生，前進了。這階段的人生，躁動，紛亂，快速，如烏雲雷雨嘩啦啦那樣豐沛不可擋，都降臨在香港。我的青春揮霍在香港，帶不走了。

據陳先生說，業主光在香港島的物業就四百多件。當現代黑死病襲擊全港，房市低迷，即將成為我新房東的香港業主卻見良機不可失，四處賤價收購物業，收了一堆，急著要快點租出去，收購成本低，租金因此低得不可思議。因為香港法律嚴格規定了漲幅，往後七年業主只是象徵性漲了點錢，但他從不故意為難我，用瘟疫時期訂下來的低價讓我一直待在羅便臣道尾，轉角便是范柳原安頓白流蘇住下來的巴丙頓道。巴丙頓道極陡，從我家走下去，像沿條瘦溪蜿蜒下坡，腳板打成四十五度角，搭小巴回程時，則逆流而上。每每有人在這條寧靜窄道上招手上車，我都會不自覺睜大眼眸，以為白花花太陽下，那條幽幽上車的身影正是面色蒼白卻個性頑強的白流蘇，因為等不到范柳原，便決定出門逛市，搜兩條羅裙，打發煩悶。當所有人都在等待這場戰爭快快過去，白流蘇卻暗暗享受一個鎖在時代動亂的二人世界。我在瘟疫中撈到了便宜房租的好處。戰爭成全了白流蘇，瘟疫造福了我。

打開窗子，清風像淘氣的孩子立刻鑽進來，陳先生稱讚了一下環境的清幽，不開冷氣也很涼爽，隨口說，「我們香港人囉，無論如何，都得攞塊地方住，日子還是照過。」他說完這句話之後，直愣愣眺遠下方遭陽光照得灰白的公園，一陣子不再開口。

我在這棟老樓住了七年，直到搬離香港為止。冬暖夏涼，公寓樓身依山而建，從山腳抽長上來的樹木正好與我的窗口齊高。住沒多久，窗外便飛來一群戴冠白鸚鵡，黃昏時分，群體發出難聽的歌聲，我想像自己住在南洋一帶，走出去便會看見人臉一樣大的鮮豔花朵，芭蕉葉滴著午後剛落的雨滴，螞蟻大軍形成一條黑線，沿著人行道奮勇行軍。

因緣際會，我認識一名香港文人朋友，隨意聊天，他突然問我，「我有個疑問，為何很多人住香港很久，還是不覺得自己是香港人？」

我一時語塞。

「因為廣東話說不好的緣故嗎？」

「可能。」

「這不妨礙日常生活，甚至工作，不是嗎？」

「確實。」

「那你覺得香港人是什麼人？」

「把香港當家的人。」

他直視我：「香港是你的家嗎？」

「香港是我的家。」這是我第一次脫口而出。毫不猶豫。香港給了我工作，給了我落腳處，給了我朋友。而香港從來沒問我從何而來、為何而來，香港只是讓我待下來了。

美國作家葛楚史坦（Gertrude Stein）說，「美國是我的國家，巴黎是我的家鄉。」

我懂她的意思。然而，香港之所以是家，只因在這座浮城，我與世界之間的關係突然沒有了時空的羈絆。我的近鄰是我的遠方，我的他方是我的故鄉，我沒有了歷史，卻身不由主在時代載浮載沉，這種奇異的生命漂泊感，卻給了我一種心靈上完全的獨立與自由。

縱使，四海之內皆兄弟已是新世紀的國族觀，所謂的故鄉不過是上一座你剛剛離開的城市，每一個人心中，依然住著一座城市，若逢人生低潮，有時夜長眠淺，碰上月圓星稀，那座城市就像時日久遠的舊愛，悄悄浮上記憶的心湖，往昔景物，歷歷在前，正所謂刻骨銘心。

曾有個說法，作家的寶藏是童年。因為記憶是創作的靈光，封藏在過去的時空裡，不在當下這個時空，藉由不斷回首造訪所謂的童年，也就是那段早已遷徙遠飄的時空，對照現在的時空，一個人發現生命的所有的失落與獲得、轉變與幻滅，便有個印象，以為自己能找到一絲絲線索，解答存在的疑惑。

但我覺得，那是因為古代人不常搬遷，生老病死一個循環往往在同一座城市甚至小鎮完成，而後社會開始現代化，很多人均有鄉村搬往城市的生命經驗，因此回憶童年，變成鄉村的懷舊，關於某處風俗人事的思念。

其實不是一個人的童年時光鑄造了他，而是他童年所在的氣候地貌——也就是他的生長環境一一形塑了後來的他。童年之所以寶貴，因為那是一個人認識的第一個世界，他最初始的感官印象，開始接觸除了他自己以外的其他人類，逐漸培養某種模模糊糊的道德觀，城鎮既是他的父親，也是他的母親，因為那是他生命的原點。

然而，我要說，這個原點未必是你出生地，而是你真正領略什麼叫世界、終於完整成長的地方。就像愛情，初戀未必最重要，第一次叫你心碎的戀人也不未見得是第一個初吻的對象，而是真正叫你懂得愛情真諦的那個人，可能就是你初次戀愛的對象，也可能是你結了婚生了子卻在四十五歲時才墮入情網的情人，《安娜卡列尼娜》那部小說講的就是這件事。

當我們討論城市，我們其實在討論愛情。最愛，不見得是第一個，也未必是現正在居住的城市，如果我們夠幸福，也許我們能在心愛的城市終老，就像我們祈禱自己能尋得真愛，與子偕老。但，也許，對大多數人來說，最愛往往是我們時常想起的那個人，我們在人生的某個時刻遇見了，認識了這個人，形成了一種固定的想像，往後人生無論遇見多少人，我們都不斷回想此人的身影，並默默將新人與之比較。

因為這個「最愛」樹立了某種美的標準，音樂、電影、藝術也好，戀人也好，城市也好，文字也好，如果曾經被深深感動過，無可自拔地愛上過，沉迷過，接下來的下半輩子，我們要不是努力保存，期盼永遠不失去，倘若哪天不幸失去了，我們便從此在世間不斷尋尋覓覓，一方面衷心盼望能夠再次碰上相同的經驗，一方面又絕望明白此種追求多麼徒勞，多麼無意義。一切都將過去，未來就算是過去的複製，仍舊不同。

我的青春，已經葬在香港的海了。倘若哪天我再能回到港島，那海，看似永恆不變，港灣的波卻不是當年的浪了。

當我坐在紐約公寓，回想我住在香港的歲月，就像一個人回憶他的童年。我對城市的一切想像，都來自香港。之後我住過那麼多城市，我仍不免不斷拿她們跟香港比較。當巴黎店員態度傲慢，又不懂算術，我就會想起那些我認識的香港店員，她們敏捷勤奮，聰明記下每位客人的喜好習慣，並不動聲色提供服務。每天我一邊詛咒紐約基礎設施落後，一邊在心中默念當時住香港如何每天小巴換地鐵，動線連接無縫，環境整潔有秩序。

住過香港，就會被香港寵壞，以後去到哪裡都像驕縱的孩子，對其他城市提出不合理的要求，以為對方會像香港一樣完美。

一個人之所以大隱於市，因為這座城市能夠滿足他對生命的所有想像，而他能獨立完成，完全不需要麻煩他人幫忙。在人群中遺世獨立，這是我在香港品嚐而且習慣了的奢華。曾經滄海難為水。走在其他城市的街道，我好像家道中落的落魄貴族，攏緊了外套，踏著落魄的步伐，假裝對周遭市井風景極感興趣，心中卻感傷失落，懷念以前的好日子。

我的心中有了一種標準，變得挑剔，難以取悅。就像巴黎街上那些老太太，總是面露不悅，高抬下顎，原本就薄的嘴唇撇得更薄，睨視每一個無辜的路人，她們刻薄的眼神彷彿在說，你們驚呼巴黎的夜晚多麼迷人，讚歎牛角麵包嚐起來多麼美味，那是因為你們什麼都不懂，從沒見過生命的華麗場仗，不曾領略真正的美好生活，你們一群鄉巴佬，你們連星星都不曾見識，我又怎麼與你們討論月光。

老有人問我，妳最愛哪一座城市。我總是回答，這是不可能回答的問題。後來我會回答巴黎，因為巴黎使我快樂。但我心中住著一座城市。我不輕易向他人提起。我將之深藏，非常之角落。當我急忙奔走在喧鬧街道，或夜深人靜坐在一把扶手椅閱讀時，我會不斷進入這座城市，尋找我熟悉的事物，重新見到我喜愛的臉，那裡的種種，曾是我的日常，也是我成長的土壤。我知道她的名字。只有我知道。而我時常呼喚她的名字。

我夢不見香港這樣的城市。上帝創造不出香港這座城市，只有人類自己才有能力。

什麼都沒發生
也都發生了

生活在十九世紀、二十世紀交替的葡萄牙詩人佩索亞使用過同樣的技巧。走在城市急遽資本化的歐洲街道，天天往返辦公室、住家之間，他讓他的心靈飛出里斯本樓房所築成的城牆，假裝自己正在遙遠的土地上過著一種完全不同的生活。

我試著，學習他，將搭渡輪當作一趟小旅行。黃昏由灣仔出發，橫渡越來越窄的維多利亞港，抵達尖沙咀。此時，春意溼潤，水面泛霧，氤氳籠罩，城市幾乎整座不見了，白濛濛一片，唯見船下的波浪，隨著渡輪前進而起伏，小朵小朵綻放浪花。船行到港中央，車水馬龍皆消失，四周瞬間寂靜，動感豐富的城市變成一張平面靜態的風景明信片。有那麼三秒鐘，只聞潺湲水聲，船身微微晃動，提醒了時間仍在滴答滴答走動。

但我已經去到了遠方另一處港灣。那裡的海水，清晨拂曉、霧氣瀰漫時，是冰冷的，等太陽升上來之後，經過鎮日曝曬，到了夕霞時已溫暖宜人，適合下水游泳，鎮上的老小男女通通來到岸邊，眺望即將沉沒的日輪，人們三三兩兩泡在海裡，載浮載沉，洗去一天的疲勞。也有勇者獨自往海平面的盡頭，直線游去，彷彿要捕捉最後一道晚霞。

我也試著，在歌劇首演之夜，將那群衣香鬢影的貴客觀眾當作一支尚未為世人所知的部落。在大陸的南端，他們聚居在一塊中央隆起的島嶼，發展出自己的風俗習慣，擁有自己的語言符號，依賴未說而明的默契在運行，他們頭次見面便互問地址，以對方的門牌號碼來定位對方在社會的位置，他們請來其他部落的女人住在家裡，把自己的孩子丟給這個女人，使得孩子成長之後不記得母親的乳味，卻始終忘不了那個天天抱著他的女人身上的體味。他們不讀紅樓夢，以為紅樓夢是一齣英語歌劇，講的是類似費加洛婚禮的故事，只不過是悲劇與喜劇的差異。他們誇耀自己對其他部落的知識以及生活經驗，然而，卻永遠離不開這塊小島，無論去到天涯海角，他們不斷、不斷回來，飲著茶，數著錢，盤算著權力與名氣。而我的角色，只是暫時活在他們身邊的田野工作者，我的任務便是觀察他們，不加評論地客觀記錄他們的聚落形態。

但這些腦力小遊戲，並不是為了逃避，而是為了存在。睜大眼睛看清周圍的環境，而不是送出目光卻什麼也視而不見。我明白了現實，才懂得如何翻轉；將生活翻面，曬曬太陽，尤其當生活像一床厚重的棉被，吸飽了水氣，沉甸甸壓在人身上，不但不暖，溼氣反倒冷進骨子裡。

我從來不覺得生活是荒謬的，而是因消磨而生出的沉重。一天又一天地來過，彷如前一天並沒有活過。曾奮力搏鬥通過的街道還要再走一次，前陣子才遭受的人際挫折重新又發生，所謂的缺點怎麼改也改不掉，接受自己的不完美也不代表就不再受鬱悶的困擾。每一天太陽升起，既是新的開始，也是過去的消除。剛剛過去的日子宛如遭海浪洗過，痕跡不再。越活，越覺得自己像一塊遭太陽日日反覆照射而顏色變淡的破布，還是遭海浪不斷沖洗而逐漸失去長相的光滑石塊。什麼都沒發生。

想像這座城市並不是這座城市，想像這片海其實是自己尚未有機會見識的海，想像自己與眼前的人群正在產生新鮮的碰撞，並不是假裝自己正在旅行，而是假裝世界並沒有終點，假裝自己的想像力創造了周圍的一切，好像我用一隻手就改變了我的處境，我的夢其實一直緊緊跟在我的身後，從來沒有離開過我。

「生活全看我們是如何把它造就。旅行者本身就是旅行。我們看到的，並不是我們所看到的，而是我們自己。」佩索亞寫道。從來，不是我們相信什麼，而是我們願意相信什麼。當我們願意的那一刻，什麼都可能發生。

話已到了唇邊

我尚未開口，你已經知道我要說什麼了。

世間情話千篇一律，所有人生的結局皆一模一樣，死亡既然無法避免，誓言終究無法實現，依然，你等待。等待我開口。

清風吹，山下大海翻滾。金黃秋日午後的島嶼，彷彿一艘船，擱淺在時間大海之中，蔚藍無邊無際，吞噬了歷史感，道德羅盤無效，指針不具意義，過去早已遠颺，未來還未離岸，現在只有我們，我們只有現在。不久，風也會停止，我們將如兩隻靜止在岩壁上的羊，不曉得自己當初怎麼傻呼呼爬上那片嶙峋山坡，每塊岩石都銳利如刀，走在上頭每一步都割破一個傷口，然而我們畢竟已來到此時此地，就算想要離開，一時也找不出法子。我們卡在遍山石巒，眼巴巴看著自己腳掌不斷流注鮮血，宛如紅花綻放岩縫，竟不覺得痛。

因為秋光燦爛。天氣美好得像這個世界仍值得活下去。

我該說什麼了。我能說什麼呢。如果一個單字就完成一個句子，我早說了。如果一個句子就能翻轉全局，我早吐露了。我的遲疑，不正是我的絕望拖住我的舌頭。

你那雙黑白分明的眼眸，像兩盞灼灼明燈朝我照來。你不著急，不催促，不顯露任何期盼，你只是靜靜望著我，連呼吸也那麼輕。你甚至收起等待的表情，好像你其實沒在等我開口。但你知道我會開口，你明白我終要訴說，你準備好了你聽見我聲音的反應，裝在口袋裡，只等適當的時刻，你就會掏出來戴上你的臉。此時此地，你像一名懂得天意的農民，縱使聞到了空氣中的潮溼，那般濃重，彷彿正站在滂沱瀑簾之下，水氣撲人，很快渾身都溼透了，你依舊不發一語。

我在你的深深凝視下，就要開口。我知道我不得不說。我必定得說。

人們痛恨我寫什麼都用愛情比喻，怨嘆我不肯正正經經談政治，嘲笑我沒有能力討論嚴肅藝術，總是這樣閃閃躲躲，躲在庸俗詞語臨時搭建的街壘之後，從來不敢光明正大戰鬥。如果我表現得懦弱了，請原諒我。沒法老老實實信奉一套主義是我終生難以根治的毛病。路上，我聞到了意識型態的氣味便會轉彎，聽見激情口號就閃身牆角，讓遊行隊伍從我面前過去，然後我執意反向而行。

我不相信什麼，亦相信著什麼。

我不相信宗教經典的預言，不相信政治傳單的承諾，不相信政客的微笑也不相信革命家的高貴。我不相信天堂因此也不相信地獄，因為我相信善良亦可能犯錯，而邪惡也有機會變得無私。我但願我相信孩童的純真，然而我徹底不相信人性，即使是剛剛冒芽的稚嫩人性。我也想學別人對明月起誓，但我心中明白，明日，月亮就會宛如狗咬的缺一角。

如果我真能用一句話改變這個世界，我毫不遲疑立刻就會說了。

但是，話未出口，我已經不相信那句話。包括我現在要告訴你的這句話。

我羨慕那些斬釘截鐵的信仰，嫉妒那些立場堅定的演說，他們罵起人來是那麼頭頭是道，砍人頭顱的刀勢那般俐落神氣，指向前方的指頭是如此突出剛硬。不像我，他們從不懷疑自己會摘錯腦袋、判錯刑罰或指錯方向。對他們來說，一切事物都黑白分明，像生死那般嚴明清晰，非生即死，非死即生。不生不死，那就是殭屍了，還是該死。

什麼都不確定，立場搖擺，時時搖晃得像暴風雨中的船，也就難以捍衛。這艘破船，就讓它沉了吧。

但你的眼神，卻讓我想續浮海上，等待天晴，所以我能航向你。

這一點點渴望，已經好久不曾在我心中出現。一個目標，一個目的地，一個前方，朦朧的世界突然聚了焦，像在赤道無風帶搧起一道風，船動了，心動了。汪洋之中，升起了一座綠島。

我該動身往那裡去嗎，我問我自己。我居然還在懷疑。

我明明白白，此刻，此生，海上吹來的風，與你的眼神，是唯一確定的東西。其餘都是可笑的，荒謬的，無聊的，虛幻的，真真無需理會。

而我應該告訴你。用最平庸的鎖住最不平庸的，好像這樣就能直接抵達永恆。聲音大一點，就能推翻生活的暴政，旗子搖得力氣大一些，就能減輕人生總是無奈的辛酸。

你明白我要開口，你也明白我一旦開口，這一切終將結束。再偉大的革命理念終要融入日常，再不平凡的愛情終將落入平凡，那句話是邱比特的箭，劃破寂靜空氣、射中一顆心的同時令它停止跳動。因為一切都將確定了，安心了，便難以改變。不該改變。接下來就是盡力維護。哪裡都不該去。未來遠方再度起風了，亦不能航行。愛情中，必得擱淺，為了成全。

我的墮落於是開始。愛情的開始與結束總是同時發生。所有我珍惜的，以為是我的，像是你，像是在陌生城市也能尋到你臉孔的把握，像是白日將盡之際在你懷裡沉沉睡去的特權，像是現在只是互相凝視的一分鐘，我終將背叛。就算我堅持到最後，死亡也會逼我背叛。

或者，我什麼不必說。只要好好看著你。這一秒，它不是開始，所以不必擔心結束，因為它沒打算去哪裡，它只是在時間恆流之中取了一滴水，在蒸發積雲落雨重新回到時間隊伍之前，它就在我們的舌間，看似尋常，無色無味，嚐出細細甜蜜。

就坐在彼此身旁，牽著手，海浪慵懶，秋葉緩緩飄落，凝視對方。沉默中，我們已經相愛很久很久，確認彼此忠貞不渝，死亡亦非我們的敵手。

一秒，一生。一秒過完，而後，已是下輩子的事了。

無名的人

那些人，後來都去了哪裡？

餐廳裡，獨自用飯的中年食客站起來結帳離開，深夜大街上，一條人影閃進黑漆漆的暗巷，繽紛花市中，表情和衣著一樣樸素的婦人兩手空空什麼花也沒買，揮手叫計程車揚塵而去，我總是猜想他們究竟去了哪裡，有沒有另一個人（或貓狗鳥）等著，見面第一句說了什麼，彼此相愛還是心裡頭仍有別人，為了什麼原因這個人此刻落了單。當他穿越城市時，他在想什麼，還是不想什麼。如果他生命中其實擁有許多美好事物，為何背影仍看起來如此孤獨。為什麼每一個人轉過身後，無論前頭笑臉多麼燦爛，背影總是那麼孤獨。

下一個念頭，我禁不住想，我的背影是否也看起來一樣孤獨。

我起初以為我只是好奇故事的發展，才開始關心起那些背影。後來才發現，像一個普通的活人，我擔心的是死亡的訊息。當我進入不同城市場景，跟著幾十億人同時吸納吐氣，與花草樹木共享生死無常的命運，隨潮汐漲落送往日月星辰，人們從我生命中出現，接著消失，給我一個背影。我明白，我對他們來說，最後也僅是一個背影。我活著，也相當於死了。

城市遷徙幫助我提早經歷死亡，領悟死亡的發生不一定與呼吸吐納有關。你只要像水蒸汽一樣蒸發掉就行了。

因為總是太早離開或太晚進入一座城市，人生大部分時間，我感覺像一間藏身靜巷內的小咖啡館。老板因為是外地人，沒搞清楚狀況，冒冒失失將店址設在一條完全沒有人潮經過的死巷底，招牌小，裝潢毫不起眼，窗子裝了過時的霧玻璃，透著濛濛燈光，看不出裡頭的情形。這條窄巷跟咖啡館一樣冷清，白日杳無人影，兩旁樓房死氣沉沉，冷風呼呼刮著窗板，有氣無力踢起地面幾片落葉。入了夜，四周陷入墳場般的死寂，黑暗而冰冷，唯有咖啡館亮著微弱的光。

那間咖啡館，只是在那裡。不為什麼。沒什麼生意，卻也一時倒不了，直到有一天默默消失，當然也無人在意。

任何人走進巷子，只能有一個目的，就是去那間咖啡館。而去那間咖啡館，並不是每一個人早上起床便自然而然想到的一件事。唯有那些某天一起床卻茫然不知該做什麼的人，他們的人生受到打擊，失掉了目的，掉落常軌之外，突然一夜之間他們不認得自己的城市，昨日是他們的鄉愁，今日是他們的異地，他們無意識漫游，在人群中隨波逐流。當腳步不知不覺將他帶進這條僻巷，站在咖啡館前，他們甚至不知道他們為何來到這裡。也許是天邊一朵帶雨的黑雲，還是喧囂市聲終於令他們無法忍受，肌肉疲累的小腿讓他們尋求一張椅子和一杯茶，但，我想，其實是渴望孤獨的庇護，驅使他們推開咖啡館的門。因為那間咖啡館看起來跟他們一樣不屬於這座城市。

「我想告訴你，因為我認為你會明白。」

不少人坐在我面前之後，對我這麼說。以這句話起頭之後，他們便開始敘說他們自己的故事。人在哀傷的時候，都是極好的說故事高手。跌倒了，受傷了，殘障甚至癱瘓了，他們並沒有請求幫助扶持，堅持不要同情，只期待有人明白他們傷痕累累的原因，了解他們那高低跌宕的人生。他們要我像讀一本書一樣讀懂他們。我因此見識了極度私密的喜悅，伴隨著自卑的淚水，懂得什麼是不堪的恥辱、永生的遺憾，以及無論往後結局多麼完滿也永遠難以療癒的悔恨。

我一直以為我學會了捨棄，卻不知不覺收藏了許多人生的秘密。年輕時，我不明白為何別人要將他們的人生秘密託付於我，很長時間，我只是老老實實替他們保管著，好像火車站的行李寄物櫃，以為有一天，那些行李的主人結束了遠遊，便會來取走行李。但是並沒有。他們揮手，轉身，消失在路的盡頭，自此不再出現。好像去了另一個世界。

慢慢，我想像我那毫無秩序收了一堆亂七八糟紀念品的內心，其實是一座虛擬的博物館，有著一條一條深不見底的長廊，一層一層盤旋而下的庫房，收藏了無數人或捐贈或丟棄或遺失的物件，一張油畫一個人生，一尊雕像一段愛情，一張缺角郵票代表無法送達的問候，一支折骨的油傘是親情遺恨，一小塊刻滿玫瑰花的硬石，記錄了一年葡萄豐收的美麗夏季。我的記憶混雜了許多人的記憶。有時候我感覺不公平，我的人生記憶體已經夠小了，還讓陌生人占去了一大半。我背不住所有蘇東坡寫過的詩句，不能掐指憶起托爾斯泰創造的全部角色人名與他們之間的關係，隨著年紀漸長，我讀完一本書便忘掉大半，我卻依然記得一些對世界重大歷史完全不重要的枝微小節，歷歷在目，宛如昨日，譬如在香港上環跟藥材商聊天，太平山頂霧氣瀰漫，山下炎熱而明亮，五湖四海運來的南北貨散發濃郁香氣，擠滿整條街，四肢瘦小卻挺著肥肚腩的廣東老闆說話很快，斷句用鼻孔哼氣，不分春夏秋冬永遠一件短袖棉衫，他的老婆年紀很輕，五官分明，膚質細緻，散發珍珠粉光，一直躲在櫃台後頭，直到有天跟人跑了，他一面包枸杞給我，一面用手背擦臉，我擔心他的手不乾淨，後來才知道他原來在拭淚，我回過神來，只能呆呆望著他。諸如此類，記憶大海的浪蕊浮花。

我以為這是為何我開始寫作的原因。蕩了我一段路，才明白自己誤解了。人生旅途上，我之所以與他們碰撞，因為我與他們同類。我們這類人沒做什麼大事，光是讓自己這間生意慘淡的咖啡館努力在城市一角存活下去，已經費盡全部的力氣。

比起同齡人，我算活得輕了點。因為我的人生分散在不同城市，每回遷徙，便捨掉了一部分。倒不是為了上路輕便，而是人生帶不走的部分總是多過帶得走的。人生像是一條長棍麵包，掰掉一塊一塊，再一塊，越來越短，越來越輕，最終沒有了。而就像童話故事裡的孩子，天真以為沿途撒落麵包屑，便能記錄來時路，哪天心血來潮，便可循跡回頭，但是，森林裡的動物吃光了麵包屑，青苔掩徑，林木枝葉繁密交長，連陽光都尋不到路下來。然而，比起大部分常人，我又算活得重了點。因為我的行旅背囊裡畢竟裝了好幾段城市人生，令我走起路來腳步不免沉了些。

既輕且重。

上海作家金宇澄的小說《繁花》有個小琴，她說，「我以前一直認為，人等於一棵樹，以後曉得，其實，人只是一張樹葉子，到了秋天，就落下來了，一般就尋不到了。」

高樓為木的水泥叢林中，有真正的樹，我就去那裡走走，想想一個人到底是樹還是樹葉子。熹微晨光中，慢跑大軍如時代巨風呼呼吹過我，迎來落日餘暉，年輕人三兩親愛成群，小學生回家，那些歡鬧笑語不多久便消逝於冰冷的黑夜。我更熟悉那種漫長不知盡的午後，公園外頭的城市鬧烘烘，充斥喧囂，公園裡寂靜無聲，宛如一顆遭離心力推落的孤獨星球，只剩下太陽，曬出深深淺淺的陰影，我會瞥見那一顆顆髮質脆弱的白色頭顱，躲在涼爽濃蔭下，低頭翻閱書籍報章，而不是滑手機。皺紋固定了他們臉上的表情，替他們做了張新面具。他們變成了另一個人，以前那個年輕人已經走了。

我覺得我理解那些老人，那些老人也理解我。不論我們內心如何自覺沒有改變，證件是同一個名字，住在同一棟公寓，伴侶仍是同一人，我們都不再是原來的我。

當我離開一座城市，那段人生就結束了，對原來的城市來說，我已經死了。當我向台北朋友講述那些炎熱的夏日周末去香港深水灣游泳，一跳一跳走在沙子滾燙的海灘，然後撲通一下全身浸泡海水那種清涼暢快感，或向紐約朋友描繪寒冷凜冬中，從東京有樂町車站出來，橫過大街，鑽入橋底下，一路循著串燒的醬油焦味，找到僅一條吧台只容八人站著吃麵的拉麵店，顧不得湯頭燙嘴，便呼嚕呼嚕喝下去的喉頭刺激感，我都覺得自己在引述一本早已絕版多時的舊小說，主角不是我，只是一個虛構人物，恰巧與我同名，並且因為寫得不太好，所以早就沒什麼人閱讀。我也覺得自己像電視重播一則五十年前發生的歷史新聞，黑白影像，畫質斑駁，我的部分已經抽離了，剩下一些乾巴巴的事實，只有地點、人名和時間是對的，其餘皆顯得可疑，而觀眾呵欠連連，不明白現在重播這條舊新聞的意義。

如今我必須捨棄的人生已比我能保留的人生來得長，我懂得人生之不可逆轉，再強大綿密的記憶也不足以救回消失的時光。在我們真正奔赴黃泉之前，死亡不止發生一次，而是發生好幾次。人生並不是完整一長條，而是分成一段一段。

人生不是充滿變動，而是一直出現斷裂，畢業或就業、戀愛或分手、離職或退休，不是逗點，而是句點。我們總是必須背對過去，才能獲得新生。即使是公園裡的樹，每年都會長滿樹葉子，想辦法變成一棵新樹。那些沒能熬過寒冬的葉子，畢竟不再回來。而我像一棵再也長不出新葉的老樹，還在思念那些葉子跳下去前的背影，究竟代表了什麼意義。

我曾經興致沖沖請教一位出生於一次大戰的東歐老人，活過了兩次大戰、經歷了共產體制、柏林圍牆倒下，來到視訊通話的新科技年代，究竟感覺如何呢。我記得她當時慈愛的目光充滿了無法言說的疲憊，我一再堅持之下，她語氣耐心，溫柔地說，「親愛的，妳只需知道我活下來了。」

公園裡的老人，就像公園裡的樹，他們活下來了。或許他們這輩子最大的成就只是讓自己活下來了。熬過了三十年的白色恐怖，從二十年前幾乎毀掉全城的那場大地震存活下來，適時逃離了三年前燒毀整棟公寓的無名大火，失去心愛的人，心碎得快要死掉，強迫自己每天下床，準時上工，在社會經濟大蕭條時遭裁員，打各式零工很長一段日子，只求頭頂一片瓦，拉拔幾個孩子。當世界經歷戰爭的始末，宗教勢力消長中，因為社會理念的流行，而激烈改變政治制度，全球經濟興衰，跟著不同帝國起落，他們每天做的事情只是替自己做三餐，保持住家整潔，跟伴侶日常爭執，希望孩子不會生病，憂慮哪裡去找一件衣料結實又便宜的大衣，好度過即將來臨的寒冬。當他們年屆中年，開始有些閒錢去度假，他們快樂得像兒童一樣。

法國小說家莫迪亞諾在《暗店街》描述一個「海灘人」角色，「一生中有四十年在海灘或游泳池邊度過，親切地和避暑者、有錢的閒人聊天。在數千張度假照片的一角或背景中，他身穿游泳衣出現在快活的人群中間，但誰也叫不出他的名字，誰也說不清他為何在那兒。也沒有人注意到有一天他從照片中消失了。」小說主角居伊相信，這個「海灘人」就是他。

我同樣相信，「海灘人」是我，也是公園裡的老人。「我們都是海灘人」。所有人沒頭沒腦出現公園裡，沒頭沒腦消失。有人不分晴雨，定時定程，悶頭繞完公園，絕不逗留，馬上就走。有人固定周末，而來的時候皆滿臉笑容，向每個路人愉快打招呼，快活聊天。有人牽狗，有人帶孩子。附近居民把這座公園當自家廚房，來來去去了三十年，有人僅是一周觀光客，經過只因要走去對面景點，更多我這種住了幾年之後搬走的公寓租戶。但，無論來去三十年，踩過幾百萬步，還是僅通過一趟，區區三百公尺，我們在這座公園的足跡都像踩在沙灘上，而「沙子只把我們的腳印保留幾秒鐘」。

沙灘人永遠在時代背景裡。你說時代與他有關，他創造了時代，他砍掉了國王皇后的頭，築起了高牆，又打碎了偶像，但你叫不出他的名字，也記不住他的長相。你唯一意識到他的存在時，你正在歷史博物館閒蕩，而他屬於牆上一張泛黃陳舊的團體照，而你無緣無故為了這張照片慢下腳步，只因攝影師按下快門時，他忘了微笑，留下怪異的表情，形成了視覺的刺點，於是你慢下腳步——你只是慢下，並沒有停下，仍繼續前進。如同時光，或許慢悠悠，卻永不停駐。照片儘可以堅持凍結時光，依然無法抵擋時光耐心而堅持地侵蝕了照片原貌。

德國導演溫德斯的電影《慾望之翼》裡，仍可以看見當年如山高高聳立的柏林圍牆，一個背脊佝僂的老先生裹在大衣裡，低頭徘徊牆下，偶爾抓撓頂上稀薄的毛髮，苦苦尋找童年的痕跡。附近曾有花園皇宮以及野生動物園，曾有他喜愛的糖果店、游泳池與舊書攤，他抓著母親衣角走過大街，五彩繽紛的櫥窗擺設各式各樣孩子不明瞭的琳瑯商品，吸引母親停下她的腳步。孩子當時是快樂的，雖然他不明白自己的快樂。如果本雅明死裡逃生回來柏林，他只會看見一條中國萬里長城般的高牆，橫切過柏林，奪去波茨坦廣場的昔日光彩，車輛不見了，人群不見了，花園公寓不見了，滿地全是冬日枯萎的雜草。

我第一次去西柏林時還算個孩子。當時牆還沒有倒下。關於那趟旅行，我一點記憶都沒有了。我只記得母親與我必須搭飛機飛進去西柏林。我們上機時是黃昏，飛到一半，天空黑了。我們繼續飛行。機腹下頭一片黝黑，燈光稀疏，我完全不知道那些城鎮與街道的名字，面積規模大小，住了多少人，那些人的名字叫什麼。當時我的中華民國護照第一頁仍印著漆紅漢字，嚴厲警告持此護照的人民不得進入共產國家旅遊。等我再有機會回去柏林，高牆倒了，柏林已經是一座城市，而不是兩座。我的護照沒有了那些充滿恫嚇的文字，我已經讀過了本雅明，而電影裡老人尋找童年蹤跡的波茨坦廣場再度變了模樣。高牆拆掉了，雜草被轟天高樓覆蓋，滿目簇新景象，商業氣息蓬勃，時髦的城市人匆忙走過，他們像老人一樣低頭，卻不是在地上尋找記憶的碎片，而是盯著掌中的高智能手機。

跨國跨洲戰爭，一整代男人幾乎根除，種族接近滅絕，幾百萬人遭殺害，幾百萬人逃亡，之後新社會新制度，帶來殘酷的政治鬥爭，黨同伐異，冷血謀殺，監控與偷窺，告密和背叛，生離死別，淚水，仇恨，無盡的恐懼與哀痛……宛如沒發生過，只有地面敉平之後新鋪的黑色柏油，與新燈比誰耀眼，玻璃乾淨晶亮，沿街綠蔭濃密，自然形成樹冠，就像種在那裡已是很久很久了。

舊時代結束，新時代開始，然後，新時代變成舊時代，又結束了，新時代又開始。麵包掰剩了的人，背著手，踽踽而行，在公園裡，與新來乍到的歷史晚來者，擦肩而過。他們就像那片殘存的柏林圍牆，站在波茨坦廣場中心，周圍全是摩天大樓，面前車水馬龍日夜不歇息，變成藝術品一樣的裝置物，供觀光客拍照。拍照的人要紀念的甚至不是那個時代、那塊牆面，而是他自己。另一個沙灘人。

拍照的人，希望有一天，有另一個人會指著照片，這人是誰，柏林圍牆耶，看起來似乎很好玩，像稱讚文學家的優美句子一樣稱讚他的俊俏長相。在這個電子年代，什麼都能萬年存檔，也就是什麼都不算存檔。無名的人，無名的孤獨，漂浮在虛擬的雲端。

舊時代結束亦新時代開始之際，或許我們會出現在彼此照片裡，各自留下一個背影。曾經以為自己是樹，終究，只是樹葉子。

一個愛情故事

我想告訴你一個故事。不是沉重的歷史陳述，沒有嚴肅的生命控訴，只是一段美麗的愛情。是的，我想說的，只是一個愛情故事。

我的朋友漢妮今年滿六十歲，在巴黎住了四十年。就在今年初夏，她失去了她的丈夫。

四十年前，她從德國慕尼黑來到巴黎，仍只是一名女大學生，金髮、藍眼，充滿求知慾。她認識了一名法國女孩，很快成為好友。有天，這名法國女孩邀請漢妮去她叔叔家吃飯，漢妮欣然前往，進了門之後，才知道他們是猶太家庭。但她不以為意。戰爭畢竟結束了，對他們這些戰後才出生的年輕人來說，已是歷史。

她女友的叔叔剛剛經歷了離婚，紡織生意慘澹，帶著兩個女兒獨自住在一間巴黎舊公寓。當晚男主人保羅並不在家，他前往香港，尋求貿易夥伴，期望拯救他跌入谷底的服裝事業。晚餐桌上，幾個女孩子年紀相仿，皆是二十歲上下，正當幾個女孩子嘰嘰喳喳聊著，大門開了，男主人風塵僕僕剛從香港飛回來，他風度迷人，談吐優雅，對他的姪女親切，對兩個女兒顯然十分疼愛，他也與客人漢妮簡單談了幾句。

漢妮當時在德國有個同齡的男友。小情侶興趣完全相投，氣質貼近。他喜愛滑雪，漢妮也喜愛滑雪；他喜歡快車，有輛哈雷重型機車，漢妮也喜歡快車，她說我們德國人天性迷戀高性能的機器；他個性穩重謹慎，漢妮同樣性格。漢妮說，「而保羅，討厭滑雪，因為他超恨寒冷氣候，賭徒性格，人生凡事冒險，不愛開車，最愛在城市大街上散步，每天講笑話，逗別人笑，自己也笑。」

晚餐結束後，過了兩天，漢妮接到了保羅的來電，邀她一道午餐。漢妮當時已經知道自己會嫁給這個男人。她中輟大學學業，把她的姊姊嚇壞了，一直追問愛讀書的她發生了什麼事。她在巴黎結婚時，拖了幾個月才通知自己的德國父母。當她母親終於得知她嫁給一名猶太男子的消息，而且大她二十歲，離婚，窮困，帶著兩名成年女兒住在一間小公寓，幾乎要掉淚了，直問她，女兒，妳是否真的明白妳為自己選擇了一份什麼樣的命運。

婚後，她決定改信猶太教，她上教義班，通過測試，卻在猶太長老這一關遭到否決，他們一致結論她不適合當猶太教徒，請她慎重考慮。

娶了她之後，保羅的生意飛黃騰達，兒子出生了，他們在巴黎第七區軍事學校附近找到一處寬敞公寓，自此在巴黎生活了美好的四十年。保羅宣稱，遇見漢妮是他這輩子最大的幸運。

保羅死前幾年得了阿茲海默症，智力退化，記憶出現斷裂。有時，他會突然回到他出生的突尼西亞，忘了後來在巴黎的種種，因而對站在眼前的漢妮憤怒，大吼大叫要她這個噁心的德國女人趕快滾出他家。

「但是，保羅，我是你的妻子。」

「妳亂講。」

「是真的。你握我的手。」

「我怎麼可能握妳的手，妳髒死了，妳這個德國婆娘。光站在這裡跟妳呼吸一樣的空氣，就叫我想吐。妳趕快滾出去。」

他動手推她。漢妮的心都碎了。

清風和煦的巴黎午後，漢妮坐在咖啡館裡，對我描述另一個相似的巴黎午後，藍空白雲，陽光跳耀於葉間，已經部分失智的保羅不聲不響離家，漢妮穿了鞋急奔出去，在街角追上了他，問他要去哪裡，陽光下，清風颯颯，樹影粼粼，保羅白髮優雅梳在腦後，白襯衫外加一件橘紅色外套，神情年輕，充滿朝氣，他看上去十分快樂。他說，「漢妮，我正要去咖啡館找妳啊。」

然後這名猶太男人和他的德國妻子一同進了巴黎咖啡館，坐了整個下午，沒說什麼話，只是牽手放在桌面，享受觀賞路人的樂趣。

漢妮說，我愛他，而我深信他也真心愛我。

終於日本的
村上先生

我現在打字的地點是一間叫力彌的京都旅館。力彌旅館隔壁是福德院，屬於高台寺的一部分。豐臣秀吉死後，他的正室北政所寧寧在福德院度完餘生。就像所有好色男人的妻子一樣，北政所虔誠向佛，在德川家康協助下，在關西一帶四處蓋廟。當大阪之役發生，隱居福德院多時的北政所選擇站在德川家康這邊，坐視豐臣家慘烈敗陣，秀吉側室淀殿攜子與親信在糧倉自盡。德川家大勝，自此，日本的權力中心由關西移到關東。高台寺迄今供奉著北政所與秀吉的靈位，鄰近墓園埋著坂本龍馬的墓塚。

雖然京都早已濃濃觀光味，高台寺和鄰近的清水寺（以及大概全部的京都廟宇）均不再肅穆幽靜，而是永遠充滿喧鬧遊客，他們逛寺廟的神情就像兒童上迪士尼樂園般喜悅，男女老少人手一架照相機，鏡頭一支比一支巨大，好像黑道槍械比賽，從迷你手槍到衝鋒槍到火箭炮，應有盡有。我入住力彌旅館的季節正值秋意深濃，落雨之後的京都夜晚，人跡終於稀少，石階溼冷，微映月光，附近林園深幽，帶點寂涼況味，我不禁相信眼前這片景致仍似四百年前，與北政所每晚閉上眼睛前所感受的清靈氛圍一模一樣。

這片我躺著的塌塌米，相當於旁邊寺廟地板的高度，跟許許多多墓塚比鄰。塌塌米有點老舊，但保養得很好，聞上去仍散發藺草的清香，樑上掛著漢字匾額，以漂亮書法寫出「福以德招」四字，外頭京都街頭呼呼颳過山風，震得窗子咯咯作響，更襯四周的寂靜。我的私人物品從旅行袋流出，穿了一整天的臭襪子、手機充電器、麥可翁達傑的最新小說，在塌塌米上恣意漫溢，雖然突兀，卻又有點隨遇而安的怡然。看著我的黑色毛線帽靜靜擱在枕頭邊，不知為何，我腦海裡突然冒出馬文蓋伊（Marvin Gaye）那首歌《隨處我擱下我的帽子（就是我的家）》（Wherever I Lay My Hat (That's My Home)）。

我不愛記錄旅行。一來我這人旅行向來毫無章法，只是隨處漫遊，就跟我的人生規劃一樣散漫沒出息，二來我從來不覺得我的旅行經驗真有什麼特殊之情。寫下來，意義不大。就像這篇文章開頭兩段，直描我目前身處所在，正巧證明了無意義的這層意義。

上世紀九〇年代，網路發明之前，還沒有圖文並茂的部落格、臉書，也沒有維基百科，手機仍不普及，且尚未有照相功能，那個年代每年就已有幾百萬日本人出國，村上春樹滿三十七歲，有一天早晨醒來，忽然聽見了遠方的大鼓聲，「從很遙遠的地方、從很遙遠的時間，傳來那大鼓的聲音」，聽著那聲音，他開始想「無論如何都要去作一次長長的旅行」。

他於是打包出發。很長一段時間，他變成一個所謂長駐海外的日本作家（出生京都，住在東京，他算關東人還是關西人這個問題在那段時間肯定顯得無關緊要。）等回日本，為了找資料寫小說，他還是時常旅行，斷斷續續隨手寫了許多旅行文章。

他消除了寫什麼紀行的偉大念頭，盡量簡單而真實地寫，描繪異地的生活點滴，但那幾本文字寫成的旅遊書，說真的，若他不是村上春樹，在這個紀錄氾濫的時代，恐怕將淹沒在一堆 YouTube 頻道裡。人們讀《遠方的鼓聲》、《終於悲哀的外國語》、《邊境．近境》，因為那是「村上春樹的」生活散文，滿足讀者對村上這個人的偷窺欲，知道他去了哪裡，吃了什麼，見了誰，長途旅行都帶哪些音樂上路。若只是一般日本歐吉桑寫的旅遊札記，我相信知音還是有，只是要翻成多國語文，賣掉幾百萬本，那挑戰度就很高了。

就像現在，如果我繼續把頭兩段寫下去，寫成一篇京都遊記，對讀者來說，不如旅遊指南實用，不比臉友照片親切，不及他個人網誌有紀念價值。寫京都這件事情上，我還真的比不上一個普通的日本歐吉桑喔，至少他還會有在地人的權威。

我終究動情記錄了自己今夜所在位置，大概因為現在我已確知明年我就會搬離東京，以後來趟京都就不是跳上新幹線兩小時就到了的事情，也因為京都已經連續下了兩夜雨，我實在有點憂鬱。也可能因為天天睡在寺廟與墓園旁的旅館裡，臥在神明腳下，同逝者枕地而眠，讓我覺得再沒有比寫出自己此時此刻在地球上的座標這件事更虛無了。

寫下來了又怎樣。真的就能證明我的存在，我活過，我來過，我這人的思想有一丁點什麼價值，值得旁人閱讀。

村上春樹說，寫旅遊文章「這種事繼續做幾次之後，就會很清楚地知道自己這個人的思想或存在本身是多麼一時性、過渡性了。」

人生本來就是一種過渡性的行為。旅行更強化了這種一時性、過渡性的感覺。換間旅館，逛條小街，看座花園，都能觸動心思，情感湧動似雲霧變化。沿途風景，皆是人生幻景。一般相信這就是旅行的功能，讓人脫離頑固的日常習慣，換個角度觀看世界。但，我始終認為，每個人隱隱約約在心中感受到了卻很少直接說出來的，恐怕是明白了自己生命的過渡性吧。

命運將我帶往東京。一眨眼，我就住了三年半載。很快我就要離開，我這人在東京生活過的痕跡將如京都石階，縱然遊客如織，萬足踏過，一夜雨後，隔日放晴，便乾淨無跡，只剩下石頭對歷史時光的無動於衷。來兩天，住五年，一輩子都不離開，我這人在世上所作所為依然具有消逝性質，旅行的行為提示了生命的本質。

現實生活裡，我不認識村上先生。我跟他之間的距離，如同巴黎到月球一樣遠，住在東京並沒有讓我跟他因此而接近，搬離東京也不會拉遠更多。當我聽說村上先生時常出沒我家附近的某間爵士樂酒吧，幾度徘徊門外，我也始終沒膽涉足。但我並不渴望見到他。青年時期起，我便是村上先生的忠實讀者，我個人的生命經歷其實跟村上先生上半輩子有點類似，修過戲劇，閱讀英美小說，三十歲以前都辛苦勞動，乃至於後來專事寫作依然保持刻苦耐勞的慢跑精神，去過的地方也差不多，甚至同一星座，但我相信如果現實中兩人見面，應該只會握手，空泛談點天氣和歐巴馬，等不到其中一人提起我們都鍾愛的費滋傑羅，就會禮貌道別。

為什麼生活經歷跟自己越親近的作家，見了面反而更沒話說呢。讓我模擬一下村上先生的語調：應該說，因為質地太相近，太熟悉了，瞄上一眼便如雷射掃描般清清楚楚，反而缺乏異國感，引不起想要趨前深究的慾望，真傷腦筋。

在路上，有時去到某地方，我馬上有種昔日來過的假記憶感，因之非常喜歡那裡，待著不願走。到後來，我搞不清楚人究竟是為了前往跟自身生命氣質迴異的地方而奔波旅行，而是為了追尋符合自身生命氣質的地方而冒險跋涉。我閱讀村上先生，是因為他說出了我心中所想，還是因為他指出了我從沒想過的觀點。

「我任何地方都可以去，任何地方也去不成」。真傷腦筋。

後父權時代

不知為何，我這人很少回頭思索自己的人生。長久以來，我的藉口是我們所生活的這個世界太花花，撩亂眼目，觀察從我面前掠過的浮世景色已經來不及，費盡全力也往往不能領悟千分之一道理，我實在、實在餘下不多力氣來理解我自己。

搬來紐約，人生中途，我突然開始思索我這人怎麼輾轉流來這座城市。二十年前，我曾有機會來此讀書，但最終選擇去了另一處大雪紛飛的北方小鎮。成年之後，幾度旅行紐約，來去匆匆。當周圍大多朋友宣稱這是地球上最令人嚮往的城市，我微笑，卻心有另屬。

而我終究遷徙大西洋邊緣的曼哈頓島，在太平洋彼岸香港島那段歲月便認識的老友坐在布魯克林往曼哈頓的渡輪上，曾經我們一道坐在九龍往香港的渡輪上，他當時已經說了，現在他不厭其煩重複：「所有人終將來到紐約。妳看著好了。」一時值初夏傍晚，船頭朝曼哈頓南端開去，自由女神像在左邊，夕陽餘暉籠罩那一大片密林似的摩天高樓，在逐漸暗淡的天幕下，金光閃閃，像夢想一樣光亮無敵，這片風景曾在無數電影裡出現，因此許多人第一次見到這片景象都無比熟悉，誤以為自己必定上輩子來過，或在夢中見過。

而我明白我朋友的意思。我真心明白。

「紐約」不再是一座美國城市，而是一個意象，代表了一份自由的生活，一種狂野不羈的生命態度，掙脫一切社會枷鎖的豐沛渴望。紐約，這座基礎設施破舊、貧富差距駭人的無情城市，什麼都沒有，它不能給你安慰，不保證你成功，不賦予你安逸，時時挫折你，經常羞辱你，讓你傷心，讓你自我懷疑，當你勇敢抖開蒙塵的翅膀，稍微飛高一點，它那奔竄於巨廈縱谷之間的城市颶風，馬上扯你回地面，任你重重跌落，如果沒有順勢折斷你的翅膀的話。這樣的紐約，因為萬事詭譎無解，關於生命，你只能自己去想。抵達紐約正值嚴冬，三周內，連下了兩場暴風雪。我裹上大衣，戴緊毛線帽，以羊毛厚圍巾密密圍住我整張臉，只露出兩隻眼睛，走入曼哈頓下城高樓建造的層巒山坳，矗天巨廈遮住了陽光，即使正午，在這座城裡，有些地方太陽永遠去不了，我意識到自己正身置其境。我仰頸，瞥見雪後快晴的藍空，細長如一條潺潺溪流從高樓夾縫中流過，晶瑩剔透，閃耀寶石般的冷光。

V.S. 奈波爾說，任何一種抵達都是謎。我問自己，你為何在這裡，難道真的只因所有人終將來到紐約。

據說紐約是酷兒的故鄉。全美同性戀都嚮往有生之年終要來一趟，一嚐大蘋果的滋味。於此，我想借用「酷兒」一詞形容所有不合「規格」的孩子，若是世上性別只有兩種，性慾只有一套，就像社會規範只有一份，權力體制只長一個樣子，假使不落入這些既定框架規則，必定淪為酷兒，在能夠合群相處的其他人眼中，變成一群性格怪誕、難以歸類的棄兒。

那些自覺遭社會以明白或沉默方式排拒的酷兒，包括美國本土，從不同海岸出發，各自跋涉過覆雪山脈與貧瘠荒野，只為了聞一鼻哈德遜河的汙濁空氣。這股漂浮在紐約半空的汙染氣體，有點腐臭，散發人體不潔氣味，包含了人類活動所能製造出來的全部穢氣，讓這些不合社會規格的孩子們發覺自己原來一點也不髒，自己並不是不完美，而是世上的完美有千萬種。看看這座城市，各處角落都藏有奇形怪狀的不稱作美但也絲毫不醜的生物，他們存在著，呼吸著，毫無愧疚地生活著，跟其他生物一樣強悍自在，不認為自己需要羞愧，不向任何人道歉。

紐約是一座屬於孽子的城市。而每名孽子都以此為傲，不孽非活。就像白先勇筆下的台北新公園，整座紐約即一座巨大的台北新公園，提供那些遭主流體制漠視輕蔑以及斥逐的孩子一方心靈淨土。

我奇異地認為，連從王文興小說《家變》出走的父親，終究也會來到紐約。因為在《家變》裡，看似崩壞的父權制度依然牢不可破，並沒有因為父親離家而改變，對我來說，故事裡，真正不合規格的人是那名父親，他沒出息，沒活出體制下的父親形象，他讓兒子失望了，逐漸長大的兒子掌握了家中權力，瞧不起他那不符社會期待的父親。新的權力者，新的壓迫者。

文學裡，父親從來不僅單純代表「爸爸」這個人而已。父親的身影代表了權力的中心，父權乃是一種從上而下的權力制度，家長式意志貫徹其中，以管理餅乾工廠精神管理社會裡每一個人，餅乾壓模切出一模一樣的餅乾，務求每塊形狀統一，烘烤焦度相同，任何瑕疵品都不能忍受，必須從眾多餅乾中挑出，立即剔除。無論自願或非自願長成不同形狀的餅乾，必然會遭受懲罰，丟到外頭風吹雨打，浸泡到爛，揉進泥濘裡。

保羅奧斯特觀察紐約滿街的流浪漢，懷疑他們都發生了什麼事，導致這些人從人生常軌翻落。我吹著曼哈頓的風，就像我曾吹著香港的風，而今我明白那只不過表示了兩種不同的生活方式。沒有什麼好不好、壞不壞，只是不一樣而已。我仍記得小時拂過我臉頰的台北的風，溫溫熱熱，帶點潮溼，我沒有不喜歡，但我懂得它的輕柔背後帶著沉重的鞭策，而它的溫柔也可能是一種陷阱，誘惑我沈入常規，以得到獎賞。年少在台北上學，學校常在大操場集合全體學生，讓我們鍛鍊體操，廣播音樂轟耳，台上老師不斷高聲說，請你跟我這樣做，請你跟我這樣做，重複再重複，總讓我非常不自在，因為我清楚自己不可能跟得很好。我向來就不擅長當塊甜美的餅乾。

那就去到外面痛快泡爛吧。而我不以為那必定是一種人生沉淪。就像終究去到紐約或台北新公園這類心靈故鄉的人，他們怕的不是孤獨寂寞也不是人生不成材，他們怕的是窒息，活活悶死，在死亡來臨之前提早關在木箱子裡下葬。他人眼中的墮落，是我輩心中的自由。

只要有人，就有權力。有權力的地方，定有餅乾工廠。即使紐約，也有自己的餅乾工廠，就像新公園的夜晚雖然深黑，杜鵑花的皺摺仍能製造更暗的陰影。渡過東河，我重新回到曼哈頓南端高樓暗影下。抬頭望月，縱然明亮，卻缺了一角，但對背光的世界來說，不完美的月已是黑夜的太陽。

中央公園旁的客廳

這一切對話就發生在一處坐落在中央公園旁的紐約客廳裡。對一個住在紐約的異鄉人，能夠受邀進入一位號稱紐約文化貴族的私人客廳，只能說榮幸得不能再榮幸。

我不認識主人，主人也不認識我。因緣際會，有位女性朋友與八十多歲主人是忘年之交，她來了紐約，主人決定在他家舉行小型派對，一方面盡地主之誼招待她，一方面老人愛熱鬧，希望我的朋友也順道邀請她自己在紐約的朋友。這間在中央公園南邊的公寓占地寬闊，景色宜人，裡頭裝滿了古董與藝術品，但，孩子各自成家，兒子一家住蘇格蘭，女兒離了婚單身在瑞士，平常就老先生與同樣高齡的妻子獨自在此，講話的對象只有樓下門房喬治，和每天來清掃做飯的巴西幫傭瑪琳娜。因此他感覺不如藉機敞開大門，邀請一些年輕朋友來家裡活絡氣氛。

賓客名單由我朋友挑選，都是她的朋友，並無老人家的熟識，而我聽說老人家的社交圈子可是輝煌熠熠的星光名單，幾乎就是一本紐約貴族的芳名錄，這並不要緊，對我這種在這座城市默默無聞的異鄉客來說，只要聽說我會有機會走進一間紐約客廳，而這間客廳曾接待過伍狄艾倫（Woody Allen）、亞瑟米勒（Arthur Miller）、蘇珊桑塔（Susan Sontag）、菲利普葛拉斯（Philip Glass）、楚門卡波堤（Truman Capote）等等眾神們，我光想到自己可能會站在那裡呼吸他們曾呼吸過的空氣，我已經高興得要暈過去了。

當晚我走進那間上世紀初新藝術風的大樓，盡量平靜向門房報上我的名字，電梯緩緩下來，我也緩緩進去，假裝我沒注意電梯還保有鐵柵欄拉門非常之酷這類細節。公寓進門有處玄關，左邊去房間，右邊去客廳，前方是附設了酒吧的飯廳。陸續抵達的客人都被要求去參觀一趟主人的收藏。收藏主要陳列在客廳。客廳光線昏暗，每面牆都掛滿了畫，現代西洋畫和亞洲古畫，到處都是玻璃櫃，裡頭有各式各樣的中國古玩和日本工藝品，地毯磨損到幾乎看不到原來的顏色，只剩下線頭，上頭放了一套巨大的沙發，圍著一張中國古廟拆下來的大門做成的咖啡桌，角落放著一架三角鋼琴，看起來局促，要彈琴的人必須側身才能擠坐進去。我的朋友因為新婚，神采飛揚，不斷招呼我們暢飲主人珍藏的幾十種威士忌酒，有茴香口味、蜂蜜口味、迷迭香口味、巧克力口味、肉桂口味等等。

我們開始自我介紹。在任何紐約聚會，就像小學生的營火晚會，每個人都要講自己的故事，每個人都要講很久，因為在紐約，每個人都有個故事，而這個故事的終點都要在紐約完結，因為紐約是世上最偉大的城市，我們在各地流浪，只為了找到紐約這個故鄉。

我只是聽著。我沒故事好說，因為紐約並沒有終結我的流浪。所有人輪流在試酒，不同年分、不同口味，我溜到客廳去參觀藝術收藏，發現女主人一人坐在沙發上。她因為年邁，雙腳不便，無法站在吧台前隨眾人聊天，並不介意孤單，但我還是選擇陪她坐坐。

老人家是退休的鋼琴家，聽說他聲譽最高時每季都需演奏，國內外邀約不斷，他的妻子陪他到處去演出，倫敦、巴黎、維也納、柏林、斯德哥爾摩——話題就從這裡開始，我注意到她細數他們去過的城市到一半時，突然轉成國家——巴西、哥倫比亞、俄國、埃及、日本等等。

她問我從哪裡來，我據實以告。我畢竟逃不開要交代我的故事。講到我住過香港，老太太打斷我，他們本來去年要去香港，結果因為鬧「革命」（revolution），就不敢去了。我解釋，黃雨傘「革命」只是「示威運動」（demonstration）。她說，不是呢，聽他們的朋友說路都被擋起來了，整座城市動不了。我說，沒啊，靜坐區其實離主要幹道有段距離，大眾運輸系統都正常運作。她說，我們在香港的朋友不是這麼說，都說好可怕。

我說，紐約也有「占領華爾街運動」，是同樣的事。她說，不一樣，這裡是紐約，那裡是香港。我說，香港人很理性的，就算抗議也很冷靜。她說，那當然，因為他們是英國人。我重複，香港人很理性。她也重複，當然當然，他們是英國人。我說，去年沒去，今年你們可以去香港。她說，不不，他們搞革命太可怕了，不去。她接著說他們八〇年代去巴西，碰上街道遊行，他們一直躲在旅館，經驗很不好。這些地方都太危險了，她搖頭。

我改變話題，問她是否看了百老匯最火的歌舞劇《漢米爾頓》（Hamilton），講的是美國國父們的故事。老太太眼神都亮了，盛讚滿溢，美國人的精神就是自由兩字。

接下來不免要談到在曼哈頓西邊高線公園末端剛剛開幕的惠特尼美術館新址（Whitney Museum of American Art）。隔壁來了另一個三十歲的台灣女孩，穿著質料很薄的短洋裝，白色涼鞋，加入談話，她們都尚未有機會去參觀，於是我花了點時間描述那棟河邊的新建築，以及裡頭正在展覽的藝術品。我隨口說，奇怪，每面牆都有捐款金主的名字，而且名字比藝術家還大。台灣女孩說，這就是紐約的做法，捐款最大，他們想做就做什麼，藝術不能沒有贊助，這些捐款金主是好人做好事，不然，難道你要政府介入藝術。台灣女孩直白斥責我，你不懂紐約，不懂這裡的人情世故，在這座城市，有錢人要做什麼都可以。但，我仍未覺醒過來，以為自己在參加一場友善的閒聊，仍不以為意地繼續發言，美術館是藝術的殿堂，藝術才是重點，金主的名字寫得比藝術家還大，有點像捐錢給教會蓋教堂，卻把自己的名字寫得比上帝還大，有點不合情理⋯⋯

「你那麼不喜歡紐約，那你幹嘛來紐約？」台灣女孩砰然一聲在我面前放下一句。客廳一片沉默。

我因為擔心禮貌，轉頭緊張注視那位鋼琴家的妻子，老人的佝僂身軀彷彿一塊花崗石，沉重地陷入沙發。她原本今晚一開始無精打采的眼神，此時閃爍著狡猾的興奮。她正在享受一個年輕台灣女孩以語言擊倒另一個來自她封建社會的年長女性。那個社會，不是巴黎、倫敦、維也納，那種可分辨出來的摩登大都會，而是一個她這名終生紐約貴族眼中的落後國度，面目不清，沒有自身文化，巴西、日本、埃及、俄國，等等，眼巴巴等待著她先生的琴聲，給他們一點文明的氣息。在那些國度，他們的年輕人遭到窒息，沒有出路，渴望新大陸的新鮮空氣，不惜代價飄洋過海，只為了來到紐約。紐約是他們唯一認同的父母，而他們充滿熱忱學到所謂的紐約價值，則是不容質疑的神諭。我剎那間也才明白，在這間優雅的文化客廳裡待了幾個小時裡，我並非被當作一個完整的人，有資格擁有我個人的想法與觀點。已二十一世紀初了，我這個人依然被當作某類落後的物種，而這類物種連自己的後代也不認同，急於消滅，早早完成我的淘汰，以另一個全新的紐約客替代我的存在。

能說什麼呢，我只能帶著末代物種最後一絲的尊嚴，起身告辭。

「我從沒說過我不喜歡紐約，」這是我微弱且不具任何意義的抗議，

「是的，我將離開。」

聚會尚沒結束，夜未央，我離開時，台灣女孩扶持紐約婆婆去另一個房間，背影看起來像一對感情很好的祖孫。踏出大樓，來到喧鬧街道，地鐵照舊誤點，老鼠沿著鐵軌在跑，我為了搭配我那一百零一件專門為了特殊場合準備的好洋裝，捨棄了日常的運動鞋，穿了有跟的皮鞋，結果腳跟在發疼。

暴露狂

公寓長方形，像一條長長的通道，入門後經過沒有門只有玻璃牆的透明浴室，一張雙人床，開放式廚房，盡頭靠窗的區塊擺了沙發和地毯。上世紀中建造的老派公寓，有奇高無比的天花板，和兩扇大如門板的窗戶。這間公寓在三樓，正對著一條熱鬧商街，終日車流，活動繁忙，對街地鐵出口老有人進進出出。

大窗上頭沒掛簾子也無幃幔，窗台上空無一物，只有一盆叫不出名字的瘦長植物，毫無遮掩之力，此時，陽光痛痛快快灑進來，如入無人之境。

「沒有窗簾？」帶我來看房的房屋仲介問。

「沒有。」代表屋主的房屋仲介搖搖頭。

「她在這裡住了多久？」

「三年。」

「三年來都沒裝窗簾？」

想要租掉房子的仲介不假思索，立刻將此事變成公寓的優點：「你看，公寓這麼長，其實你在後頭活動，街上的人都看不見你，但光線非常好。」

「對面的人怎麼辦？」

「對面的人掛了窗簾，晚上他們會拉上。」

「因為對面鄰居有窗簾，所以她就不必裝窗簾？」

「掛窗簾的目的是為了不讓人看見你，如果鄰居有了，他們就看不見你，你就不必掛了。」屋主這方的仲介是個六十幾歲的義大利老頭，由布魯克林發跡，搬到曼哈頓來，生命經驗告訴他，世上任何事情都能靠一張嘴解決。

我剛從外地來，一臉白痴相，「這裡裝的是電磁爐，不是瓦斯爐。」

老頭藏起他的嘲諷，因為他還想租掉房子：「親愛的，這是棟上了年紀的老樓，萬一你炒個菜，把整棟樓都燒了怎麼辦？」

「我只是問問。」

老頭不願意放過我，彷彿我問了什麼天殺的鬼問題，他誇張地攤開雙手，眼球後翻，一副無語問蒼天狀，「你都搬到了紐約，外頭那麼多餐廳，各國美食都有，你每天挑間新口味，三十年都嚐不完。你幹嘛要留在家裡吃飯？你那麼年輕，應該出去，認識朋友，享受生活。」

「我只是問問……」

「年輕人，看看這間廚房，夠你切切火腿，洗洗番茄，做個豐盛三明治。你想幹嘛？準備滿漢全席嗎？拜託你，人家餐廳還想做生意，你留點錢給別人賺吧。」

我遭搶白一頓，面紅耳赤，期期艾艾半天說不出話來。

「她是個暴露狂！」帶我來的仲介突然爆口。

老頭跟我兩個人齊齊轉頭看他。他剛過四十歲，但已生了一頭優雅白髮，厚厚波浪服貼臉頰兩側，不知做了多少大生意，身上西裝衣料昂貴，剪裁合宜，不結領帶，學歐洲人圍絲巾，塞在衣領裡。

他以為我們另外兩人沒聽清楚他的話，又重複了一次：「她是個暴露狂！」

老頭不想討論單身女租戶的私人生活，比個義大利手勢，意思是「甭提此事」。

我卻興致來了：「此話怎說？」

「有些人不在意隱私。他們理由是反正住在大都會裡，到處都是人，也就到處沒有人，因為失去了個人性，路人甲跟路人乙根本沒有區別。

你看到她，你以為你看到『她』，一名棕髮白膚、年約三十的年輕女人正在換衣服，你說你目睹『她』裸露酥胸，身上只剩一條內褲，光溜溜。但，這個你認為你看見了的『她』究竟是誰？這座城市裡有多少棕髮白膚、年約三十的女子？多少街頭兇殺案破不了，便是因為無法指認。」

「她住在這間公寓裡，信箱上頭有她的名字。」

「這座城市怪事特別多，無奇不有，你怎麼知道沒人半夜掉包，綁架了原來的棕髮女子，換了另一個替身？你如何確認昨晚你看到的、跟今早你看到的女子是同一個人？你只是看見一個特徵相同的女子走來走去。」

「這倒是……」

「這扇窗就像銀幕，觀看這扇窗裡發生的一切，就像看電影差不多。她只是個活在框裡的一個角色，出自好奇或無聊，你觀賞她的一舉一動，對發生在她身上的事情其實無動於衷，純粹看熱鬧而已。」

老頭忿忿不平插嘴，「小伙子，你說人家暴露狂，我說你才是偷窺狂！」

「有人要演，總得有人要看啊。」

「有市場才有需求。先有你這種人，才有人愛現。」

我踱步前後走了幾趟，窗前站定，往外眺望：「頻道那麼多，競爭激烈，當暴露狂也不容易啊。」

我的仲介哈哈大笑，「這裡是紐約，你就算當街脫掉褲子，露出屁眼，用刀割破自己肚腹，掏出一條條腸子，然後放火活燒自己，也沒有人會慢下腳步多看你一眼。見怪不怪一直是紐約悠久傳統。」

老頭怒瞪一眼，「聊天聊夠了吧，究竟要不要租？」

鎖在公寓裡的狗

這層樓有間公寓門後鎖著一隻狗。每天一大早這層住戶們便陸續上班去，整層僅剩我跟牠各自留在自己的公寓籠子裡。我打字，我不知道他在幹嘛。

上午牠總是非常安靜。下午，大約過了三點左右，牠便開始汪汪哀鳴，好像克里夫蘭市那三名遭綁架十年的年輕女孩子，不斷呼救，期待有人路過，打破門板去拯救牠於無盡的地獄深淵。

周末，有時，主人半夜仍不回家。牠因為哀號一整天，已經沒有力氣了，聲音轉弱，在陷入黑夜的公寓裡，朝著那扇一整天緊閉深鎖的大門低鳴。我不養寵物，將那種我不熟悉的聲音自行翻譯為「啜泣」。

狗吠打斷了我的寫作節奏。我離開我的電腦，走向廚房，站在黑暗中喝水，左思右想，要不要去敲門。沒有人會把幾個月大的嬰兒或無力料理自己的老祖母單獨留在家裡長達十二個小時，對寵物就好像不必講「人」道了。長了四隻腳的狗遭監禁在都市公寓裡，因為沒有鑰匙而不能上街，當一名城市的漫遊者。出門前，起碼留把鑰匙給你的狗吧。

下雨天，我去丟垃圾，經過同扇門。主人剛回來，丟了一把溼答答的雨傘在走廊的地毯上。狗不叫了，換主人叫。門後傳來主人憤怒的嗓門，原來是個女人。

「有沒有搞錯？我去求他？我去求他？這齣戲本來就該我演，應該是他來求我！」大門擋不住女演員的戲劇化花腔。難道關於紐約的傳說是真的：隨便一個在餐廳端盤子的服務生都是待業中的演員，在廣告公司上班的文案寫手均是失業的詩人，而在銀行代班的臨時秘書其實是百老匯舞台劇的製作人。曼哈頓地租昂貴，生活費高，沒有一個人不是身兼數職，在理想與現實之間求個溫飽。

從電梯出來，我終於見到了這名狗主人的真面目。她正好鎖門，準備出去。個子嬌小，胸前斑點遍布，染了一頭金髮，但棕色髮根已經長出來了，她滿臉疲憊，皺紋歷歷在目，看上去沒有五十歲也四十好幾了。我朝她微笑，想跟她提狗的事情，但她心事重重，匆匆走進電梯，迅速下樓去了。

沒兩天，門後響起中年男人的低沉嗓音。他似乎在安慰她，但她不領情。

「你去跟他講，不要來跟我說。去，去，去跟他講。這角色非我莫屬，我不曉得他們幹嘛要找你來跟我商量。沒什麼好商量。」隔著門板，也能感受她音量的驚人，幾乎讓人髮根全豎直了。男人說什麼比較聽不清楚，只能感受他語調中的無奈。

我拎雜貨上來時，碰巧他開門出來。也是小個子，頭髮全白了，但挺濃密的，臉色同樣疲倦不堪，皺紋盡顯，彷似整座城市的重量壓得他喘不過氣來。他主動對我微笑，道聲日安，問我外頭是否雨停了。

「停了。風和日麗。」

「那就好。紐約需要一點好天氣，不然我們全都悶壞了。」他說。

春天終於來了，枯樹抽芽，荒蕪泥地冒出花苞，那隻狗叫得少點了，我於是轉頭把整件事忘了。好幾次，在附近撞見女演員蓬頭垢面走在路上，依舊面色不好，好像怏怏不樂的中年主婦，懷疑丈夫有外遇卻苦無證據，進入青少年時期的孩子讓她煩心，鎮日操勞家務，整個人搞得憔悴枯槁。我無法猜想她在爭取何種角色，讓她如此心力交瘁，還是她在爭取的角色就是缺乏情愛滋潤、內心空掉了一個大洞的女人？

為了迎接夏日，我去剪髮。美髮師快弄好我的頭髮時，狗主人兼女演員的她走進來。髮型師即刻放下我，諂媚迎上去招呼她，「預祝首演成功！大紅大紫！」我才注意到她整頭閃亮金髮，眉毛修剪呈弓形，長了烏鴉腳的眼尾上翹，一雙電眼風騷迷人。她穿了一件式洋裝，包裹出玲瓏有致的身形。她微笑致謝，優雅落座在我右手邊。

我問起她的狗，她謝謝我的關心，告訴我妮妮很興奮她的新演出。

「妮妮？」我問。

「妮妮，我的狗。」她略感奇怪瞄我一眼，既然我問起她的狗，又怎麼不知道狗的名字。我才恍悟，她不認得我是她鄰居。她以為我是她的戲迷，在哪篇雜誌專訪讀過她養了隻狗。

最近，妮妮過了下午三點又開始狂吠，直到深夜。可能是在祝賀她的主人此齣戲碼賣座長紅。

公寓人生

張愛玲寫過一篇《公寓生活記趣》，將城市公寓形容成「最合理想的逃世的地方」，因為「在鄉下多買半斤臘肉便要引起許多閒言閒語，而在公寓房子的最上層你就站在窗前換衣服也不妨事！」我確實同意她的看法，而且要加上一句，就算有人看見你站在窗前換衣服了，頂多聳聳肩便漫不經心繼續自己的事，因為都市人是這麼自以為見多識廣，即使一隊光溜溜的裸女打從眼前過馬路，也不容許自己大驚小怪，張嘴讓蒼蠅飛進喉嚨深處。

經歷過舊社會生活的張愛玲同時稱讚在公寓居家過日子簡單多了，僕人問題不那麼嚴重，請清潔公司每隔兩周來大掃除一下，不用打雜的，也不必擔心一切平等原則，吃飯時不會有個還沒吃飯的人眼巴巴盯著你。城市裡的生活現代化，且簡便，街道就是自家客廳，公園為後院，市場食材菜色樣樣齊全，外頭飯館從簡餐外帶到豪華宴客均可滿足。公寓室雅何須大，整座城市都是我家，任我遊蕩。

然而，我的朋友漢米頓卻不這麼想。他從巴西鄉下來，住在紐約二十三年，始終不慣。他跟張愛玲一樣喜歡聽市聲，愛那些細細瑣瑣的各式喧囂，但他帶著悲傷的表情說，可是裡頭沒有一樣屬於他的童年記憶。他記得他祖母的大房子，他們全家都住在裡面，數不清的叔伯姨嬸以及像狗黨一樣成群結隊的小孩，屋子鎮日裡裡外外都是人，每個跟他擦身而過的人都是他的親人、從小長大的兄弟姐妹，熟悉的臉孔，聲音、氣味就是閉著眼也認得。

他不明白為何人們能從商店架上拿取塑料包裝的食品，撕開一個口子，便狼吞虎嚥三分鐘內吃掉，不辨食物滋味。他懷念他母親與其他嬸婆姨娘一大早便在廚房裡切切洗洗，剁細香料，花時間慢燉蔬菜、香烤肉腿、填塞餡料，不慌不忙，所以日落時分，全家人都能坐下來共享一頓熱騰騰的晚餐。「你看得見你的食物，你知道嗎？而不是一個來歷不明的完成品，到你手上已經一點香氣都沒有了。」漢米頓失望地抱怨。

我跟他講張愛玲，他說他只能同意這位中國女作家一半。他的紐約公寓雖然小，卻裝了無盡的寂寞，而巴西祖母的房子其實並不大，卻容納了整個宇宙。

公寓畢竟是孤獨的，他說。他問我，張愛玲是不是一個很孤獨的人。我歪著頭想了想，是的，我想你是對的，她恐怕算是一個很孤獨的人。

這周漢米頓回巴西去了，回到他祖母的大房子去。紐約湛藍高空，一奔萬里，我打開窗子，街上市聲悠悠飄浮上來，我從架上取下張愛玲死後才出版的《小團圓》，據說中文的「小」即是「少」的意思。

葬禮

電梯口，我遇見他們。丈夫一身輕便衣著，短褲，船型鞋，牽著小狗，妻子眼線濃，梳妝了髮式，正式套裝，高跟鞋，腕間掛了一只昂貴手袋。她一見我，眼神起了戒備。電梯來了，本來她不想跟我一起下去，電梯門要關上時，她大聲喊住我。

三個人，一隻狗。大樓老，上個世紀初建造，電梯鑲了黃銅門把，動作緩慢，像個真正的百歲人瑞。所以我找話講。

「遺憾 D 室的孟女士過世了。」我說。就在當天上午，我們每一間公寓居民都收到了大樓管理處的通知，葬禮將在周日舉行，希望大家前往，作最後告別。

「對啊，誰知道她就這麼死了！」我努力回想這家鄰居的姓氏時，這個洋名可能叫凱洛的太太原先一直迴避我的目光突然活絡起來，直直望著我，緊張兮兮地問，「哎，說，她是不是就一個人暴斃在她公寓裡？」

「我兩個月前才搬來，見過孟太太兩次。我想她後來都不在。」我遲疑地補充，「我想，她可能在其他地方逝世，像是醫院。」

「那好。」

我公寓的門緊挨著孟女士的門，我客廳的牆緊貼著她客廳的牆，我掙扎著，想替孟女士說點什麼，雖然我只在這間公寓住了兩個月，而我只見過她兩次。百歲電梯，還沒下到一樓。於是我說，「你們跟她一定很熟吧？聽說她住在這間大樓很久很久了。」

這個可能叫凱洛的太太馬上打斷我，「噢不，我們只是短期租賃。

因為我們家正在裝潢，房子大，很花時間。」她強調了大。

她的眼睛不客氣巡了一圈這間狹小的電梯，停在我臉上，「沒可能我們會住在這間公寓，噢，不可能，等我們家裝潢完，我們會立刻搬回去。」

電梯門開了。她馬上搶了出去，先生牽狗跟在後頭。他們沒向我說再見。他們那麼匆匆忙忙，那麼趕，好像世界剛從馬路衝過去，一切都快來不及了。

我跟在他們後頭。管理員來不及跟他們打招呼，但微笑已經綻放，於是同張笑容轉向我。我只好停下來。也沒話講，於是又聊起孟女士。還好有人死了，讓大家都有點話談。死人成了活人的社交潤滑劑。

我說我搬進來第一天，就見到孟女士拎著藥包進門，旁邊跟著一位漂亮的黑皮膚姑娘。想來她當時便病得很重了。管理員說，她從來不生病。她後來也不是生病。她只是老了，因為年紀而衰弱。歲月侵蝕了她，不是病菌。

「她多少歲？」

「九十六，九十七吧。」

我揚起眉毛，表示驚訝，試圖將不幸消息當成好事一樁，「哇，那是高壽了，中國習俗裡，她子女要穿紅衣，當喜事來辦。」

他頷首同意。孟女士死了，但她的死亡是件喜事，應該慶祝。於是我們兩個活人緊抱著這點溫暖，在門口互道再見。

到了周日，沒有人去葬禮。包括我。我去了城裡，跟朋友見面。

回家已晚，深藍夜空點綴繁星，公寓大樓門前兩盞暈黃燈光，照著晶瑩草地，我碰到一名老人獨自站在那裡，手裡一個棕色紙袋裹成一瓶酒的形狀，他舉首仰望，似乎正在欣賞這棟大樓。我道了晚安，他開始自我介紹。孟先生。原來是孟女士的繼孫，所以他也姓孟。孟女士三十七歲時嫁給了他當時已七十歲的祖父，一起搬進這間公寓，在他祖父過世後，孟女士也沒有搬走，繼續度完她的餘生。現在她走了，因為她和他祖父沒有孩子，而他是繼孫，便順理成章繼承了這間公寓。

原來孟女士不是九十幾歲，而是八十六歲。而繼孫孟先生也七十三歲了。

「她當年是高爾夫球運動明星，得了一堆獎盃，高䠷美麗，有一雙勾魂的眼眸，我們都以為她是拜金女，為了錢才嫁給我那老朽的祖父。可是祖父死的時候，她傷心了很久，一直無法從傷痛平復，一輩子不曾改嫁，就一個人獨居在這裡。我們很敬佩。」他抬頭，帶著讚嘆目光，環顧這棟紅磚老樓，門前有兩根仿古希臘的門柱，「我才這麼高的時候，就常常來這棟樓，祖父總會帶我去吃甜品。好像才昨日的事。」

現在他繼承了孟女士的公寓，但他不會搬進去住。他找了人，會做點基本粉刷，下個月就會租出去。孟女士在醫院人還沒完全斷氣時，他們當時就已經知道她不會回來了，所以很早就把這間公寓放到市場上。租約在葬禮前一周便簽妥了。

孟先生淺笑，「簽約的女士很焦慮我會不會改變心意不租她了，因為地段好，租金低，她真的很想搬進來。我保證她馬上能搬進來，甚至不用財產繼承手續完成。」

黑暗完全籠罩了大樓，只剩那兩盞燈，像動物潛伏在陰影的兩隻眼睛，觀望著時間的動靜。孟先生又深深看了一眼這棟世紀舊樓。隔天他就離開了。十天後，公寓已經有了新主人。

路易和他的棒球帽

我在鎮上碰見路易。早晨八點，春寒料峭，他拿著一杯熱咖啡和一袋三明治，戴著他慣常的棒球帽，朝我們大樓走來。我道聲早安，他規規矩矩向我鞠躬：「新年快樂！」雖然已經三月底了。

第一次在大堂攔下路易，我試圖跟他解釋關於包裹的事，我每講一句，他重複一句，「今天有件大型包裹，但我現在要出去……」「今天有件大型包裹，但我現在要出去……」「我的意思是……」「我的意思是……」我改變我的策略：「可能要請你告訴卡洛斯……」路易原來死盯著我嘴唇開闔的眼珠子噠噠轉動了：「卡洛斯不在。」「我知道卡洛斯不在，所以我想請你告訴卡洛斯……」「卡洛斯不在。」我改口，「沒關係，我待會兒見到卡洛斯時我自己告訴他。謝謝你，路易。」路易鄭重回答，「不客氣。」

有位鄰居老先生原來在查信箱，此時過來，悄聲告訴我，「你可能注意到了路易有時不太容易溝通。路易就是路易，我們不管他。」

我住的這棟公寓是名符其實的老人公寓，百分之九十的住戶超過七十五歲。他們因為上了年紀，眼力衰弱，四肢漸漸無力，再也不能天天開車，整理一間帶花園的屋子，全都搬到小鎮唯一的公寓樓，他們稱作「人生瘦身」；同時，他們的子女繼續住在郊區大房子裡養兒育女，過著像他們以前活力十足的豐盈生活。

我雖然中年，一搬進來立刻成為整棟樓最年輕的住戶，很快地，我必須幫許多老先生老太太開門，提東西上樓，陪他們聊兩句，讓他們輕捏我的臉頰，彷彿我才五歲。我不必要地知道了他們每個人有多少孩子，每個孩子以及孫子的名字，聽他們抱怨成年了的孩子如何為了金錢與他們爭吵，接著讚嘆最近那些孫兒又說了怎麼可愛煞人的天真話。有人要我喊他們乾爸乾媽。他們似乎都非常寂寞，但，他們也都極力表現他們的獨立，完全不需要陪伴。

但他們無論如何提不動自己的雜貨，不能搬動行李或任何箱型重物，無法處理大型垃圾，這時候他們就會喊路易。路易就像這棟大樓的幽靈。平時，見不到他的蹤影。但這棟大樓每層樓的垃圾箱每日清除兩次，分類垃圾總會及時送走，電梯鏡子明亮懾人，大堂地板光潔無瑕。

有天我去地下室取我的腳踏車，碰見路易和他的棒球帽。他正在擦拭一扇門的門把。靠天花板處開了一排氣窗，光線微弱洩下來，我們兩人就像兩組電壓不同的電器，不知所云地寒暄。突然，我意識到這扇門之後就是路易住的地方。他就像歌劇魅影住在巴黎歌劇院地下湖一樣住在我們這棟樓的地下室。我一時衝動問他住了多久，沒期待他會回應我的問題，但路易的眸子像停滯已久的機械裝置突然噠噠轉動，明顯聚焦在我臉上，他回答：「喔，媽媽說，路易，你要工作，你要工作養活自己，你去，你去那棟公寓，他們有份工作給你。我就來了。我工作，我養活自己。媽媽叫我，我就做。」

可能是他臉上的神情，或者那些溝渠縱橫的皺紋，讓我無法追問他的媽媽現在在哪裡。我問他為什麼天天戴著棒球帽，連室內也不摘下。路易笑了，「新年快樂！」

那天，史太太急著要搬走屋裡的舊床墊，因為她新買的一套床下午要送來。她跑來敲我的門，「你知道路易在哪裡嗎？」我放下我的書，下樓去找路易。但路易是大樓的幽靈，他來無影去無蹤，我不知道怎麼尋找一枚四處飄蕩的幽靈。他不在大堂，不在後面的垃圾回收處，不在雜具間，我遲疑了一會，決定去敲他的房間。他不在裡頭。我只好回去稟告史太太，我找不到路易。她氣壞了，揚言要告訴住戶委員會，提醒他們要注意路易。

史太太七十五歲之後就不慶祝生日了，剛搬來兩年，就為了安心養老，她不能容許這類事情發生，影響大樓的居住品質。史太太極不高興地說，「這個路易待在這裡太久了。他快七十歲了，做事已經不俐落，我們應該考慮讓他退休。」

我後來在大樓前面花圃找到路易。他棒球帽下的額頭汗涔涔，正在幫剛種下的鬱金香花苞包上草蓆，我想起，因為天氣預報周末要下雪。

我靜靜站在路易身旁。好一會兒，他才抬頭，「新年快樂！」我點點頭，「新年快樂，路易。」他馬上低頭繼續手頭的活兒，一直到我走開，他都不曾抬頭。

史太太與史先生

史太太並不真的姓史。三年前，一樁訴訟纏身，對方威脅要拿走她所有的資產，她宣稱名下毫無財產，悄悄以史太太名義在這棟樓買了兩套公寓。房屋仲介員從她這裡賺走一大筆佣金，卻轉身告密對方的律師，史太太就是夏太太，她的錢就藏在這棟公寓。據說房屋仲介員牙癢癢地說，「我恨死這個老太婆，最好你們告死她。」

但，史太太，也就是夏太太，認識了一位優秀律師，幫她保住了這筆資產。她花兩年親自裝修，將兩套公寓併成一套，確保每處細節皆符她所願，廚房窗子開向大海，早晨海風像海鳥撲翅飛進來，飯廳地板拼花，牆角站著她從法國帶回來的大瓶裝紅酒、梨子酒、杏桃酒，天花板垂下一盞水晶燈，客廳鋪滿厚重柔軟的地毯，上頭擱著雅致的古典傢俱，坐起來很舒適，所有房間的床數加起來正好是她全部孫兒的總數。淋浴間寬敞，可推進一輛輪椅，還有衣帽間、食物儲藏間、五金雜物間，每扇門後面都是滿足她生活機能的寶庫。她準備好在這裡養老。

訴訟結案，裝潢完成，史太太和一位自稱史先生的男人終於搬進來。老先生老太太每天進進出出，高調牽著手，像小情侶不時找機會親吻，白髮蒼蒼的儷影看起來像一對幸福偕老的老夫老妻。

但，史太太並不是史太太。史太太其實是夏太太。跟她住在裡頭的男人也不是夏先生，真正的夏先生住在療養院裡。

夏太太每周日上午都會去教堂，熱心參加教會活動。她完全覺得不需要對外解釋她的生活。她認為如果上帝有意見，上帝自會找她溝通，而上帝尚未說過什麼。

說話的是她的女兒。自從她跟那個男人搬進這間公寓，她那四十多歲的女兒開始長期與她冷戰，不再帶自己的孩子來探望她，偶爾打電話來，先是假裝沒事，東家長西家短，講不上兩句，便憤然吵了起來：「我不懂妳怎麼能狠心將爸爸一個人丟在療養院。」

「他已經生病成這樣，我根本照顧不了他，他住療養院才適當。」

「媽媽，妳沒離婚。妳先生只是住在療養院，妳跟個認識不久的男人公然在鎮上同居，這叫我們全家面子往哪裡擺，我跟哥怎麼做人，我怎麼教小孩？妳害我在公婆面前都抬不起頭來。」

「我跟妳爸感情始終不和睦，你們從小一路看著我們吵架長大，我們早該離婚了。現在好不容易我找到一個我深愛的男人……」

「媽，妳也不想想自己都幾歲了的人，講這些不嫌噁心嗎？」

「我不管。」

女兒的聲音幾乎刺破她的耳膜：「他只是一名退休的高中教師，俗得要命！我明白他兒子是妳律師，幫妳打贏官司，但是這種事付律師費就好了，妳需要委身給他爸爸來答謝他的恩情嗎？」

「我不懂妳為何不能替我高興？」

「我才不懂妳為何不能替我們全家人著想？」女兒忿忿不平掛掉電話，換她的哥哥來電，勸自己的媽媽，老太太要活得有老太太的樣子。

聖誕節前，不是史先生的史先生被診斷出末期癌症。只剩下六個月可活。這個冬天既冷又長，暴風雪不斷，寒風刮淨一切生機，下雪下到地老天荒，所有人都恨不得春天趕快來，只有史先生和史太太恨不得這個冬季永遠不要結束。她的女兒不知從哪裡輾轉聽到這個消息，帶著兩個孩子出現在他們公寓門口。母女站在廚房聊天，孩子坐在高腳椅上喝牛奶吃餅乾，外頭雪地皚皚，陽光下，鑽光閃爍，屋子裡，咖啡壺冒熱氣，芳馥四溢，一切都那麼美好放鬆。

女兒突然靜默下來。公寓另一頭，有個病僂了的高大影子艱難移動，從洗手間出來，沒入臥房。好一會兒，女兒不再說什麼，直到她要帶孩子離開時，她才吐出一句，「上帝給妳的報應。」

史太太，噢不，夏太太氣得把那個從她肚子出來的東西和那個東西的孩子一起推出門。換她主動跟女兒冷戰，兒子的電話她也不接了。

她去療養院探望自己的母親。母親一百零四歲，已經衰老得什麼都做不了，連死亡不行。她只能靜靜陪坐。母親任電視新聞二十四小時不斷播放，空氣中，有股淒涼的空虛感。

「媽媽，我愛的男人要死了。」

母親每說一句話就得喘口氣，「噢，我的寶貝。」

「我有間棒透了的公寓，但我會一個人住在裡面。」

「噢，寶貝。」

窗外飄起雪來。雪花落在窗玻璃，很快在窗緣積了一層糖霜似的白雪。她想告訴母親，寂寞比死亡還可怕，可是她開不了口。

鎮上最寂寞的男人

每天都看見他獨自一人，在小鎮唯一的商業大街上遊蕩。

看上去四十出頭，頭髮全白了，但髮量仍豐，一張臉長而窄，鑲著狹長的藍眼睛，體型瘦高，一雙竹竿腿長而細，整個人簡直一尊瑞士雕刻家阿爾伯托・賈克梅蒂的雕像，表情永遠十分困惑失落，好像走去咖啡店卻赫然發現咖啡店關門，約了朋友見面結果等了一下午朋友沒出現，突然接到一通電話因為內容太過震驚以至於他一時難以消化之類，或根本是外星人一個，雖然降落地球一陣子了，仍覺得地球人奇怪，所有事物的尺寸顏色都不對，一切都跟他的星球不一樣。

他顯然閒閒沒事做。早晨他去咖啡館外帶咖啡，中午當其他丈夫工作時，他排在一群美肌緊臀的布爾喬亞妻子後頭，買有機三明治和當日例湯，下午他雙手插在口袋裡，眉頭深鎖，憂心忡忡走在大街上。這條大街頂多一公里長，商家都小小的，賣戶外運動服、義大利麵、嬰兒用品、眼鏡、冰淇淋、藥妝品，可不是紐約的麥迪遜大道，實在沒什麼供一個四十幾歲的大男人這樣子鎮日來來回回地逛。

小鎮不大，人口就那麼多，大家都在同一條街購物，路上撞見他一兩次之後，我很快發現他就住在我們這棟樓裡。

鎮上這棟樓的住戶，平均年齡七十五歲以上。老人在這棟樓出現，天經地義。在這個小鎮，人生如同大自然的四季，自有規律：童年是春天，在父母的屋子長大；成年是夏天，你住在自己的屋子，度過人生最燦爛的黃金階段；等你的孩子像秋天落葉先後離開了你的樹幹，你賣掉你的房子，搬進這棟樓，享受生活機能，下雪不必剷雪，自有人清理車道，出外也有人幫忙收包裹，走兩步路就有雜貨店，還有鄰居話家常。

因此，還沒到人生冬季的人出現在這棟公寓，要不是像我這樣的異鄉人，只是恰巧隨風飄零到此，下一陣風又把我吹走，要不就是人生逸軌，被迫離開了四季的循環，像是破產，像是離婚。

他衣著考究，面色滋潤，身體健康，似乎不像落魄的窮鬼，連晨間咖啡都不煮，總是去巷口咖啡店外帶，暗示了家裡沒有女人（或男人），而他不懂照顧自己。很快地，他與四樓 B 室的單身女子變成了公寓老人們熱衷談論的話題。兩個人都單身，都五十歲以下，套句史太太的話，是這棟樓唯二仍可能擁有性生活的人。所有人都聚精會神暗地觀察他們的日常動態。

他的故事一下子就被這些老先生老太太打聽出來了。本來住在後頭山上豪宅，果真有妻子有孩子有車子，如常過著人生四季，而且，還多了一樣東西：情婦。他每周二、五進城，宣稱去拜訪客戶，事實上去探望情婦。他們去吃昂貴的牛排館，聽歌看戲，混爵士酒吧，度過費滋傑羅筆下典型紙醉金迷的紐約夜晚。直到情婦的丈夫發現他們的情事，一狀告到他妻子那裡。醜聞，眼淚，憤怒，羞辱，決裂，他被妻子丟了出來，在這棟樓租了間套房，等待整樁離婚訴訟結束。

他習慣了大房子，有客廳與飯廳之別，有樓上和樓下之差，有自己的後院，種著高大的松樹，樹下叢生黃色矮水仙。他也習慣了家裡有妻子的嘮叨，隨時充滿孩子的奔跑嬉鬧。小公寓的封閉空間令他窒息，每天一起床只聽見自己的孤獨在呼吸，他在家裡待不住，只想往外跑。他在大街上飄蕩如幽靈，不知不覺就過了一輪四季。

他依舊不時進城。老先生老太太們嘰嘰喳喳，不能理解他還能去幹嘛。情婦早就回到丈夫的身邊，他的資產因為離婚官司暫時遭到凍結，他們看不出來他還有花心的本錢。難道世上已沒有誰可以為了真愛跟誰在一起了嗎，我問。在場所有人的年紀加起來接近一千歲，夾帶千歲人生經驗的權威，他們嚴肅地點頭，沒有真愛這回事，親愛的。

周末日和風柔，我在月台上遇見他。禮貌招呼後，我問他去紐約辦事還是購物。他遲疑了一下，告訴我這是他的習慣，他喜歡偶爾去紐約，走在人群裡，享受匿名的樂趣。以前他開車去，現在習慣了火車，看著樹林一座座、小鎮一個個、房屋一棟棟從車窗外掠過，感覺很療癒。

「每棟房子都裝著一套人生。住在房子裡的人，只要生活發生一點小事，像是果汁機壞了，小孩上學遲到，倒車時撞上花園柵欄，就覺得天塌了，地陷了，世界天翻地覆。我以前也住在這樣的房子裡，每天都覺得透不過氣來。現在我坐在火車上，隔著距離，看著那些房子快速從車窗外像一幕幕電影掠過，我覺得，沒什麼事那麼了不起。」他聳聳肩。

「你覺得自由？」我問。

他保持他一貫茫然，「我不知道。」

火車進站，我們互祝對方有個愉快的一天，進了不同車廂。

城市變了

於是我又回來了。

但城市變了。

總有某種時刻。天光與雲影交織成一幅景色，整座城市煥發朦朧光彩，建築高高低低，光亮不一，港口的船隻緩慢航行，時光彷彿凝駐，而我內心隱約知道，時代如同港口上空奔馳的白雲，正從我眼前呼呼飛過。我該說什麼呢。生活在這座城市從來沒有感覺如此沉重過。是街道氣氛變了，是巷口的餛飩麵店搬走了，是喜愛的書店倒閉了，或許，朋友疏遠了；終究，是我老了。

一切都不對勁了。

同一座城市，年輕時戀愛，受生命的教育，事物皆新鮮，人物都有趣，再爛的經驗皆只是成長必經的路線圖，無論經歷多少失敗，只要不傷生命的筋骨，總能再爬起來，因為這座城市會再給我另一份工作，安排我再碰見另一個戀人，這座城市會確保生命再賜給我一次機會，無論是好是壞。重點是我在摸索世界的邊緣，了解自我。危險其實是刺激，誘惑不叫陷阱，而是人生的體悟，周圍越光怪陸離，越感覺真正活著。選擇住在這座城市，就是為了那些不在童年發生的事物，為了那些原本只會出現在電影中的人物，為了那些父母警告千萬不可碰觸的禁忌，才離開了自己的城市，來到這裡，因為我渴望見識我沒見過的景象，因為你期盼試探生命的禁忌，因為我準備好變成另一個人。

於是我變成了另一個人。這座城市催促我，期待我，要求我，終於改變了我。我已不是當初來到這座城市的那個人。我與這座城市的關係逐漸演變成一段令人厭倦的戀情。剩下了看似尚未消失的熟悉感，依照某種慣性互相依存，卻在種種小細節上挑剔對方，痛恨對方，卻又始終下不了決心真正分手。

你變了。

當我走在你的街道，街道的寬度與方向依舊，兩旁的商鋪長相全都換了，我尋不到昔日的甜蜜，惶然困惑，在新鋪面前來回徘徊，久久無法決定是否該進去。熟識的面孔消失了，雖是同一張臉，卻裝了另一套神情，重畫了五官的線條，鑲著兩隻敵意的眼睛，對我來說，那就是一個陌生人。他在這座城市日子也不好過吧。記憶中，不久前還熠熠發光的眼神，如同夏日映照太陽的燦爛海水，叫人雀躍而喜愛，而今卻焦躁不安，充滿怒意，還沒開口之前，已經用火灼的目光，趕我走開。我聽不下收音機播放的聲音，無法消化飯桌上的談話，我默默觀看我的朋友們分成兩邊，惡言相對，對付彼此的方式比報復世上第一名仇敵的方式還兇狠。雲朵從港口上空馳過，晝夜不捨，就像時代從我們頂上滾過，從來不管我們在下面的失落與掙扎。

或，是我變了。

我不寄望安定，但我需要溫柔，需要人性的理解，當我年輕時，我不介意失望，因為我以為我還有希望。而今青春消逝，我明白了希望從來只是一個虛幻的字眼。而我曾經那麼相信希望，我和住在城裡的其他那些人，我們都認為眼下的路面顛簸只是鋪好康莊大道之前必要的不便。

或許你真的沒變。從頭到尾，都只是我。一切都是我。我對你的失望，其實是我從人生經驗學來的悲觀，曾經熱愛的各式新奇事物皆因我的年紀變成懷舊情緒的干擾，我懷著昔日的舊城回憶就像老人抱著熱水袋在冷冽冬夜裡上床，以為這樣就能保暖我露在棉被外的腳，驅走現實的寒冷。

當我說這座城市以前是自由的，也許是因為我曾經的青春讓我誤以為自己是自由的。當我說這座城市從前有人性的溫度，或許是因為我的年少無知令我誤判了不少人際關係。

變的是我初老的顏面，花甲的頭髮，疲憊的心態，以及耗損的健康。變的是那個新的我已經替代了舊的我，她充滿好奇，走在城市的街道，東張西望商店的櫥窗以及路上的人潮，全然不顧頂上雲朵嘯嘯而飛。

但，城市畢竟變了。

就像山田洋次執導的四十八部《男人真命苦》系列電影，表面上，是「苦命男」阿寅四處漂泊，一年到頭奔波日本全國，趕集各地節慶，四處擺地攤，搭渡輪、等巴士、坐火車、搭便車，像縷不沾塵的影子，輕飄飄溜過沿途車站，滑過各個港口，匆匆經過城市與人們的生活。城市不會旅行，旅行的是攤販阿寅。

尤其那個他每逢出發必得背對的故鄉，東京都葛飾區柴又市，有著一座十七世紀的美麗古寺，唯一繁華老街上，店家世代做著相同生意，過著相同日子，熱鬧瑣碎的市井生活猶似江戶畫家手繪在金箔屏風上的浮世風景，凝結於永恆的時空之中。

只有阿寅過著跟他的空間感一樣支離破碎的人生，每座城市對他來說都像櫻花時節，今日桃花人面，明日立成追憶。然而，一九六九年開拍的《男人真命苦》一部接一部，每年盂蘭盆節與正月初一在日本上演，四十八部三十年演下來，漸漸，時間的移動便戰勝了空間的移動。

阿寅移動；他的故鄉也在移動，但不是空間的移動，而是時間的移動。阿寅在路上，不斷碰見新的城市、新的戀愛對象、新的朋友，他的故鄉漂流在時間的河流裡，水流緩慢，一晃眼竟也離岸數十里，流逝的歲月早已遠在他方，不復可見。因為阿寅從一開始就沒有融入社會，人生不曾按部就班，讀書工作、結婚生子，他都沒經歷，他的心態始終停留在當年叛逆離家的十六歲少年，依舊那麼莽撞粗魯，真誠無知，萬事不深刻，天性愉悅有如一條快活的狗兒，逢美女就搖尾求愛，見人落難絕對義氣相助，從不考慮後果，從第一部到最後一部，車寅次郎這個人根本是塊頑石，動都不動，絲毫不受時空影響。

相反地，鏡頭下，他那本應原封不變的故鄉卻隨著時間的移動而老了，舊了，翻新了，改變了。柴又市從典型日本老式小鎮變成典型東京郊區城市。他跟兄弟阿源最愛遛達的河堤斜坡，先是泥土小徑，野草蔓生，不久，天際出現灰色鐵橋，坡頂鋪了慢跑道，他的妹夫開始在上面慢跑，坡底河邊雜草拔盡，清理出一大塊棒球場，他的侄子周日與其他小朋友在那裡打球，他的妹妹時不時騎車穿過河堤，堤頂總是坐滿情侶卿卿我我。他曾經坐船過河回家，一輛轎車開進老街找他，引起鄰居大驚小怪，後來舟隻不再，河邊連釣魚的人都沒有了。驀然，叔叔嬸嬸背脊佝僂，面容蒼老，妹夫一張俊臉浮現中年男人特有的虛胖感，隔壁社長頭禿了、牙齒也換了雪白假牙，在銀幕前長大的可愛侄子變成一個沒出息的年輕人，用電腦打作業，心情不好就騎著重型機車出遊。

曾經算是離經叛道的粗俗阿寅竟然變成舊社會代表。他固執，保守，堅持老派禮數。他曾經不理解且置身其外的世界已經轉換成另一個新世界，而他依然不理解，也依然置身其外。

藉由空間的游移，他奇異地裹進了時光的繭蛹，彷彿他隨時隨地帶著的那只棕色箱子，裡面裝的不是他少得可憐的家當，而是他從未真正與歲月打交道的自我。空間保存了他的時間，而時間卻改造了故鄉的空間。柴又市在鏡頭下繁榮，凋零，衰落，重整，又煥然一新。

城市與我的變，差別在於城市的變其實是某種重生，而我的變只是默默過時，安靜地腐朽，老去。

青春

我終於懂了湯圓臉上的表情究竟什麼意思。當時我並不懂得他為何常常在談話中途墮入思索，雙眼垂目，嘴角肅穆，彷彿決意將自己鎖進一間誰也進不去的房間裡，叫其他人統統滾蛋，不准煩他。年輕的我認為他非常不禮貌。別人跟你說話說一半，你這是什麼態度。他沉默不語的神情暗示輕蔑，宛如對我們正在談的話題感到不屑，礙於我的激情發言，他只能在心裡翻白眼。他的忍耐，變成我的難堪。我簡直無法處理他的疏離，視為傲慢。

而今，我發現自己越來越常出現一模一樣的表情。別人在發表言論，我突然就進入了自己的世界。連獨坐電腦前閱讀一篇文章，我也會不自覺發楞，說是在專心消化剛剛接收的資訊，不如說我遁逃到另一個時空。而且那其實不是一個房間，卻是一片去掉房間框架的廣袤大地，空曠無邊，天地灰濛濛分不清，遠方連棵小樹剪影都沒有。那裡沒有盡頭，因為那裡就是盡頭。我常常站在那裡，痛痛快快享受孤獨，以為見識到了生命的源頭，萬物混沌不明的初始，偶爾，一陣強風突如其來猛烈颳過我身邊，我不知它屬於過去還是未來，要趕往未知還是喚起記憶。我與它相遇當下，像兩名不用地圖的旅人在無際沙漠相遇，為防止風沙而重重包裹的臉部各自露出一雙歷經滄桑的眼眸，默默交換了友善眼神，沒有進一步言語交談，沒有握手，沒有明確時間點或地表座標可供記錄，記錄下來對我對風對其他人沒有意義。我們只是互相點點頭，就此分手。

就在我心蕩神移之際，站在那一片光禿禿的平地上，抬頭挺胸，堅毅迎向那陣想像中的時代狂風，自以為快要掌握宇宙的奧祕，突然聽見天際飄下一句：「你的卡布奇諾大杯還是小杯？」在我回答大杯之後，咖啡館櫃台後頭的服務員又問我：「熱的還是冰的？」然後她要我站到旁邊等我的飲料，以免我擋到下一位客人。等我領到我的大杯熱卡布奇諾，奶泡不夠熱，因此整杯咖啡涼涼的。就像我的中年。

而今我走在路上，經過我的不是那陣所經之處樹木皆拔根而起且順道扯走我心肺的強烈颶風，只是一張張漠不關心的臉孔。他們沒有理由關切，他們有自己的人生要過，自己的問題要煩惱，他們需要尋找自己的地平線。從那些淡淡的眼神反射出一個平庸無奇的中年人影子，我不比城市大樓所投下的陰影更引人興趣。中年的意思就是你突然中性了。無論你出生的時候帶來多少承諾，你青春時期的爆發力多具威脅性，你就像一組酸鹼中和了的化學物質，或像輻射終於減弱的核廢料，只是靜靜躺著，只求與天地和諧。沒有情愛性慾的困惑，沒有社會角色的追尋，沒有世俗道德強制於你的痛苦，你停止成長也沒人怪你，所以你理所當然放棄。但我還不夠老，至少還沒有老到甘心默默死去。每天我依然起床，去到那個早已不愛我了的世界裡，忍受陌生人對我視而不見，我知道我已經無關緊要，終究完全遭到遺忘，但我無法離開，開不了口告別。

湯圓跟我一樣熱愛這個世界，雖然他時常目光發呆，逃到自己內心的時空，拒絕別人跟隨。當我們二十歲，青春有時變得難以忍受，他與我相約在六十歲相見。那時候台北還沒有卡布奇諾，只有梅子紅茶，沒有咖啡館打工，只有長髮飄逸穿民族服裝的茶館女主人，喜歡將她的文化品味加諸在我們這種懵懂無知年輕人頭頂。那時候也還沒有文青這種玩意兒，因為消費行為尚未普遍。我們滿腦子電影與文學，以為這兩項武器將會幫助我們安然度過人生。我們就像那些終生信奉宗教不渝的教徒，認為我們的神跟其他神不同，我們的神慈愛而強大，足以驅逐世間所有的惡，而我們因為信了他，我們必不可能做錯。

我沒料到的是，文學與電影只保護年輕人。老年人有智慧，所以也受到祝福。年輕人與老年人，各自從生與死兩個極端觀看世界，感受敏銳而清明。唯中年是個尷尬的過渡年紀，因為你的位置不在咖啡館聊天討論高達與楚浮，不該半夜冒雨跑出去談戀愛，如果你將自己打扮成《夏日之戀》的吉兒，你不但看起來不浪漫，而且非常可笑。年輕人遠離你，因為他們直覺你不像老人那麼安全無害，你那依然活躍的性慾仍隱隱威脅著他們。老人也不想跟你在一起，因為你不似年輕人天真純情，早嚐過生命的殘酷，皮膚跟他們一樣失去彈性。你落得跟自己同齡的人為伍，而我們卻因為社會競爭而彼此嫉妒，互不喜歡。

於是我踽踽獨行街頭。湯圓從來沒說過四十歲時我們將重逢。他知道這段時間沒什麼可說的，就像一本厚厚的小說，開頭很吸引人，結尾讓人迫不急待，只有中間那段曲折鋪陳，令讀者昏昏欲睡。所以他們就要說了，凡事過程最重要。中年就是過程。不再雄心大志地發願，因為別人包括你自己都已經看透了你的潛力，但也不夠格獲得寬恕諒解，因為理論上你離死亡仍有段距離，仍有時間修正自己。

我就站在那一片廣闊沙漠上。風沙成幕，烈日當頭，我工作，我交稅，我生活，我不抱怨不叫苦不要求，我的文學變成藏在枕頭下的秘密，宛如失去已久的真愛，唯有入夢才真正屬於我。

我說，「那我們得活到六十歲才行。」二十歲的人總是認為自己活不過三十歲，若活過四十歲一定使用了什麼見不得人的手段。

湯圓回神，認真看了我一眼，「那我們得先學會捱過四十歲。」

「人生一定要捱嗎？」

湯圓從沒正式回答我。他二十六歲診斷出愛滋病。那時候雞尾酒療法已經發明了，他開始早晚吞服無數藥丸。他活著，他沒死，但他沒有工作，沒有男友，沒有自己的公寓，沒有自己的電話號碼，當他找我聊天時，他從他父母房子撥號給我，像兩名青少年半夜偷講電話，直到他的父親聽見異聲起床，怒叱他掛斷為止。他想探索世界，但他不能旅行，不能體驗人生，因為他沒有了人生。他只是捱著。

我搬家香港後我們便失去聯絡。等我去了上海工作時，他不知從哪裡找到我的手機號碼，開始打越洋電話給我。他通常在清晨三點左右找我，當我正睡得雲深不知處的時刻。他會講起我們昨天上課有人八卦誰的身材太爛，校門口出現一攤水煎包，還笑我寫東西像珍奧斯汀一般刻薄。我輕輕糾正他，那叫犀利。我任他說下去，聽見他父親的聲音悶悶地喊他名字，不准他再亂撥越洋電話。

有天我工作實在太累，辦公室政治如同台灣議會充滿烏煙瘴氣，無助於事地互鬥互毀，我往返於兩個爭權奪利的主管之間精疲力盡。湯圓照例半夜近三點時叫醒我，談起今日課堂趣事。我閉著眼皮，躺在床上，拜託湯圓不要繼續說下去。

「我們三十二歲了，我們十年前就畢業了。我從來不喜歡學校，我很高興從此與上學這件事無關。」

湯圓沉寂了一秒，斥責我，「妳好無聊，都不跟我玩。」說完，他不等他父親來斥責他便結束通話。

那是我最後一次聽見湯圓的聲音。他不再找我。而我找不到他。因為他不像其他人有手機，有名片，有辦公室，有討人厭的同事和惡質老闆，有恨不得千割萬剮將他碎屍萬段的前情人，或有鍾愛不渝想要跟他廝守一生的未婚夫。他不像我每日辛苦工作，分秒抱怨人生痛苦，動不動就厭世。他只是捱著。打幾個電話玩玩，假裝一切都沒發生，他仍舊是二十歲大學生，眼神夢幻，滿懷理想，對任何事情都無限好奇，做什麼都抱持最大激情，渴望接觸人群，想要感動他們以改造這個他出生之前都不算完美的世界。他認定自己會幹出一番驚天動地的社會事業來，也不懷疑自己會活到六十歲。

二十歲時，他與我相約在六十歲。看看我們屆時都變成什麼樣的一個人。他照例溫柔戲謔我，「我打賭妳一定還是一粒又臭又硬的大便，周圍所有人都招架不住。」

我拿著手中那杯已然不熱的熱卡布奇諾，走出咖啡館，面對我的沙漠。縱使風沙滿天，不顧沙塵刺痛眼球，我努力睜大眼睛，望向黃沙滾滾的未來，想在六十歲的遠方，辨認出湯圓是否站在那裡等我。

旱天與凋零

我活下來了。二十歲之後，每一天我醒過來，都記得那些比我提前離開的朋友。我不曾忘記這件簡單的事實：我活著，而他們皆已死去。

「……你倖存，因為你是第一個／你倖存，因為你是最後一個／因為你獨自一人。因為有很多人／因為你左轉。因為你右轉。／因為下雨。因為陰影籠罩。／因為陽光普照。……」辛波絲卡吟誦著生命中的各種「可能」，連活下來也僅是眾多可能中的一種。

倖存者總是懷抱罪惡感。站在手扶梯從捷運月台上來，約會早到十分鐘發呆，過馬路等紅綠燈，生命中突然出現的時間空檔，一秒，五分鐘，半小時，風還在吹，雨沒有停，我以手掌遮住耀目的陽光，深夜一條長街，閃念為何我單獨一人站在這裡；那些花兒，他們都去了哪裡。失去了同代人的簇擁，世界突然成了一處課間休息的操場，其他班級的人分群結眾，一團一團各自嬉戲，只有我落單，獨自站在偌大的操場中央，不知所措，莫名畏懼面對眾人的眼光，內心惴惴不安，擔憂隨時有人會跑來我面前，質疑為何我還在這裡。就像勞伯瑞福執導的第一部電影《凡夫俗子》，我就是那名與哥哥共同經歷船難而活下來的弟弟，每當他意識到母親暗地打量他的眼神，他能感到那股冷冰冰的寒意，凍結他全身血液。他懷疑，最疼愛哥哥的母親其實多麼痛恨居然是他活下來了，而不是光華四射、集三千寵愛於一身的哥哥，多麼希望當初大浪打過來時，跟著船隻翻覆沉入海底的人是他。結果，身強體健、善於游泳的萬人迷哥哥遭海水吞噬了，而他，這個害羞封閉、弱不禁風且泳技不佳的人卻莫名其妙逃脫了海水的魔掌，安全游回岸邊。

我在台灣的社會化過程非常痛苦、難熬。一出校門，很快就明白自己離夢想的距離很遠。我想做的工作，想過的日子，不但與我無關，而且跟銀河系一樣遙遠。我想當的那個人，整個世界都告訴我，根本不可能。所以，與日本導演是枝裕和的《比海還深》那部電影有點不同，不用到四十幾歲，約莫二十五歲的我已被迫覺悟，我這個人的價值連一枝鉛筆都不如。

二十幾歲的我大部分寫作仍是投注在我的白天那份工，耗盡我全部的精力，我從寫作得不到任何滿足。我的筆是我的吃飯工具，我成了名符其實的文字工人，我滿懷的詩意都用來下標題，我對角色的想像力放在我採訪的對象，我對文字的敬意換成一疊疊鈔票，所以我能在台北這座城市裡維持一份簡單的生活。現實與夢想之間並沒有什麼拉扯徘徊接近生命美學的哲學味，只有望不見底的深溝一條，無盡的黑暗，光線都不敢涉足。站在深淵邊緣往下望，立刻出現生命的暈眩感，感到一股惘惘的威脅，一不小心，你就失足掉下去了。而且無聲無息。

時代，對我來說，似乎不是用來活的，而是屬於書本、新聞的標題，屬於上一代，屬於下一代，而我注定是被動的旁觀者。我這類人很難主導歷史，正統這件事向來與我無關，我只能站在邊緣觀察這個世界。而世界變化萬千，時代的風一吹，我學著不斷適應，緩緩逆風而行。世界賦予我的唯一特權，只是讓我暫時還活著。

一九六九年人類第一次登陸月球，在這個特殊年分出生的一代，美國稱作 X 世代，意思是他們是謎，沒人能預測他們的未來，他們會長成什麼性格，他們的文化品味，他們的政治觀，他們的性愛態度與家庭觀念，等等，沒人知道。他們年紀輕輕便已老成，滿眼純真，卻又那麼憂傷，外表倔強，內在脆弱無比。而在台灣，這一代人歷經了冷戰、白色恐怖、解嚴，進入青年期，碰上台灣經濟奇蹟，緊跟著中國大陸開放，台灣經濟迅速萎縮，人才大量出走，政治口號掛帥，文學失去了社會影響力，我們的一生幾乎就是現代台灣歷史的縮影。我們這一代人的憂傷抑鬱，會不會其實就是時代隆隆滾動時加諸於我們身上的瘀傷？我這個始終不相信年級說的人，作為一九六九年的孩子，應該在此認了：我們其實從來不知道該怎麼活，世界才會對我們滿意，我們才懂得放過自己，而活著這件事變得不是那麼沉重。我可以不必對自己還活著感到愧疚，不用為了自己還有寫作的慾望而覺得需要向全世界道歉。

曾經以為文學會是我們的救贖，但，也許我們都太天真了。那些親愛的朋友因為青春芳華茂盛而早夭了，而我的青春還不曾開花便已提早凋零，於是一直以枯樹姿態存於世上。我不曉得如果今天他們站在我的身邊，他們會跟我說些什麼，也許我們不見得會彼此親愛，反因同儕壓力而相互妒恨。但，我仍記得我曾經目睹的那一雙雙黑色的眼睛，那樣靈動活潑，滿滿是想要擁抱生命的渴望。顧城的詩：「我帶心去了／我想，到空曠的海上／只要說：愛你／魚群就會跟著我／游向陸地。」我沒法真正知道他們若活著，內心在想些什麼，但，唯一，我能確定的是我們都熱愛這個世界，所以我們才會不自量力，縱使身上只安裝了一對蠟製的翅膀，依然奮力，振翅，飛向太陽。

無所謂快樂

平庸是幸福。照這個邏輯，我活在一個幸福的時代。

再沒有一個時代比我的時代更大眾化，庸俗，無名，零碎，人人活得面目模糊，躲在面板後頭過日子，汲汲一生尋找免費升級的途徑。一個按鈕，選項接二連三跳出來，彷彿無窮無盡，但全經由同一套軟體跑數據。以為自己自由而獨立，掌握了命運自決的權力，其實不過是一頭終生被困在購物商場無法逃跑的動物，每次選擇，都在消費，終其一生最大的道德責任，只是當好一名按時繳納帳單的消費者。網路是新世紀的傳統生鮮市場，眾人覓食的場所，各式各樣的叫賣聲，震耳欲聾，掛著血淋淋生肉塊的肉鋪、顏色宛如春日花園的蔬果攤、熱氣騰騰的包子店、魚隻翻肚像白餃子一樣整齊排列的魚攤，氣味擁擠，光彩紛雜。什麼人都有話說，都渴望被看見，什麼人都不被聽見、不被看見。語言失去力量，只是不斷重複的聲音，就像音樂變成健身房的背景，不再幫助你掙脫生命的框架，喚醒靈魂的深沉需求，反倒用來催眠你，使你更加深陷於生命的機械循環。再沒有追求偉大這件事，因為太過虛假矯情，不夠酷，就像燙金硬殼精裝本的全套托爾斯泰作品，那麼過時而無趣，不如手機上一則來自偶像的推特來得震撼人心。

但這是幸福。輕薄而可愛，俗氣而慵懶，呻吟替代抗議，刻薄當作批判，因為不必掙扎苦苦求生而很願意自稱與世無爭的魯蛇。一切皆建立於生命的僥倖心態。出生地點相對安全，成長期間沒有戰爭也沒有飢荒，經濟穩定發展，你有父有母，他們沉默而勤奮，他們挨過了貧窮，你因此有個無憂無慮的童年。你受了教育，有手有腳，可以工作養活自己，三餐不愁，公寓有電有水，偶爾煩惱人情，擔心賺的錢不夠花，每晚睡在自己床上，如果幸運的話，還有一個宣稱愛你的人躺一起。

你應該快樂，因為你沒有什麼事值得不快樂。大眾時代，當一名俗眾，看著自己的肚臍眼，庸庸碌碌過一生，這是活在太平盛世的特權。

我知道我應該快樂。我的平庸，是我的幸運。我並沒有不快樂；但，也沒有特別快樂。

我知道我並沒有僅僅因為活著就感到快樂。是，這世上有許多事物令我愉悅，像是燦爛秋陽即將下山，隨手放火燒紅整座楓林，孩童用明亮的眼睛癡呆望著氣球冉冉上升藍天，旭日從港灣那頭升起，在海面灑下粼粼晶鑽，微風吹鼓船帆，頃刻船隻彷如即將啟航遠方，漫漫夏夜沿著古老河岸散步，暗夜花影浮動，陣陣芳香，那一刻，我的全部感官活躍著，我的心懷開放，那一刻，我確實感到生命帶來的歡愉。可是，這就是活的快樂了嗎？

快樂的意義是什麼？為什麼，一個人應該感到快樂，僅因他得以庸常？我年輕的時候，根本認為快樂的意義被高估了，平凡的價值遭過度吹捧了。我懷疑，世上多少人像我一樣，應該快樂，其實不那麼快樂。

一個人若清醒地活著，就不可能快樂。因為各種有形或無形的暴力仍舊充斥生活四處，奴役換了形式，變本加厲，歧視依然無所不在，偏見戴著知識的面具，打著進步的旗幟進行封建的革命，以愛之名行專制之實。

無論活在哪個時代，生命從來不曾簡單。

歷史上，像我一樣，就算快樂也不那麼快樂、但也不是不快樂的人，數量最多也最容貌不清。而活著這件事對他們而言，從來不容易，從來就是一場長久的戰鬥。人生絕大部分時候，他們都不知道自己做得對還是不對，道德並非時時清晰，活得越久，他們越無法確定自己出生的意義，是否值得活著，是否夠格當個人。他們越渴望尊嚴，越發現它遙不可及。

小確幸對他們來說並不是物質的享受，而是整日流汗勞動下來、長期病痛終於舒服一點、城市輾轉流徙半輩子才稍微安頓，經歷親情撕裂、理想與現實慘烈碰撞之後，好不容易跟自己有個獨處的片刻。

那個短暫的片刻，他們會站出自家陽台，瞇眼眺望樓下大街的來往人群，躲在辦公室高樓陰影裡，吐出一口若有所思的菸，坐在咖啡店角落吃一塊過甜的巧克力蛋糕，擱下泥濘的叉子，在雪白餐巾紙上塗寫情人的名字，半夜打開電視觀賞一部他早已看過三遍的蠢電影，躺在沙發捧著肚子呵呵傻笑，走進公園找張長椅撕開三明治的包裝，把麵包屑扔給地上的灰鴿，而那些城市的灰鴿因為過胖，飛也飛不太高了，牠們的視線從來沒高過旁邊的摩天大樓。

那一刻，終於，無所謂快樂不快樂，只是平靜。

那一刻，他們得以與自己獨處；暫時，他們不恨自己，因此也不恨這個世界。那一刻時間停滯，生命慢下腳步，死亡遠處駐足，世界願意放過他，他終於有權放肆，放任他的思緒亂走。他可以自在想他想的事情，或不想。

那個片刻，令我著迷。對我來說，人類的一切行動、所有的歷史事件，都從這個看似寂寞安靜、遺世獨立的個人片刻開始。戰爭、奪權、戀愛、鬥爭、謀殺、友誼，乃至於科技發明、社會創新，皆從某個人的一念之間開始。念頭發生時，他看起來那麼平淡無奇，不具殺傷力，猶似冬日無風的海洋，只是一大片灰色的寧靜，但海面下，卻藏著無窮的狂野力量。

當一個人覺得孤獨而安全，他什麼都能想、什麼都不怕想的時候，平時為了生活而不得不壓抑的念頭，此刻如同趁鬼門關大開時溜上人間的幽靈，所有的最溫柔、最骯髒、最無私、最狡猾、最粗暴、最甜蜜、最奇幻、最傷痛、最怨毒、最羞恥，各形各色鬼念頭，悠悠忽忽飄了出來，透明鬼魅群飛，像一陣風，肆無忌憚呼呼吹過他的心湖，滾起浪濤。思想的轉折，念頭的翻滾，欲望的起伏，那些趁四下無人便自由遊走的思緒，那些看不見的東西，才最重要，才是人類靈魂的真相。那是文學的主題。

再平庸無害的一個人，依然有能力犯下滔天惡行；再猥瑣下流的一個人，有時出乎意料作出驚天動地的偉行。

當人類的飛行器已經去到了太陽系最遠最邊緣的冥王星，一個人能像一台機器換零件般換器官，我們瞭解染色體的結構，預測地震時間，發明了連自己都不理解的全球金融體制，用各種類科學的分法論解釋我們共同組成的社會，我們依然不瞭解自己的人性。

世上最後一道謎題不是火星怎麼會有海，對我來說，那道難解的謎題永遠是那個人。公車上，那個人輕輕挨著我坐，隔著冬季大衣，我依然微微覺到他的體溫。辦公室裡，那個人坐在我對面辦公，中間擺了兩大台電腦螢幕，我看不見他的臉，但我能聽見他在擤鼻涕，輕輕哀嚎老板的火急指令。電梯裡，那個人的體味香水縮小了四方空間，逼我被動參與了他與情人斷斷續續的電話交談。醫院裡，他跟我分坐一排椅子，我們看起來有如一群垂頭喪氣的囚犯，等待命運的判決。大街上，縱使人行道很寬敞，他猛然撞開我的肩膀，昂首闊步離去。那個人，會在夜晚打開窗子哭泣，當我從他樓下走過，因為聽見他的哭聲而抬頭仰望當晚的冷月。

他為何此時此刻出現在此地，怎麼養成目前的長相氣質，早上出門前如何決定穿上這件花格子外套而不是另一件，如何睡覺吃飯社交做愛，跟人握手時他伸出右手還是左手，忽然之間他就愛上了一個永遠不會知道他存在的明星名流，而且一輩子忠心耿耿，鍾愛不渝，同時他卻能欺騙他生活中的伴侶，甚至暴力相向，然後有一天他丟掉了工作，入了獄，八年回來之後，他的鄰居看了他就嘀咕，這人好奇怪。為什麼奇怪，因為沒人知道他在想什麼。

沒人知道他在想什麼。那個人。可能連他自己也不知道。當這個世界全是數據、實驗、圖表，充滿了大理論、關鍵字，網路匿名、二十四小時實拍，有了臉書、圖享，我們依然無法掌握自己的人性，雖然我們已經學會暴露它、操弄它、分析它，自稱擁有它。

我以一張平庸的臉孔，活在一個庸俗的時代。這是科技最新的時候，也是人性最舊的時候。科技並沒有改變人性，人性仍舊發出雨後秋葉躺在泥地逐漸腐爛的氣味，乍聞之下彷彿仍保有植物的清新，依然逐步邁向朽壞。

文學教導我人性，學會同理心，尋找那個片刻，一個人存在的本質將如岩岸退潮之後裸露出黑色嶙峋岩石，光天化日之下，散發海洋的腥味，卻閃耀如星光芒。唯有文學能夠帶領我走過那片凹凸不平的人性岩灘。

文學對我解釋了這個世界，非常之複雜，充滿灰色地帶，布滿各種深深淺淺的道德陰影。因為文學，我看見那些本來看不見的事物，使我不懼怕活著這件事。就像聖修伯里的小王子宣稱，一望無際的黃色沙漠因為藏著一口井而變得美麗，我相信我現在看見的世界仍有可能改變，我看不見的事物依然存在，值得努力追求。

對歷史來說，太多人直接歸類無名，群眾才有意義，個體的渴望與吶喊，注定要遭淹沒，對社會學來說，所有人只是等待分析的社會樣本，用來支撐一個制度的運轉，沒有血肉。而在文學國度裡，沒有一張臉孔不該從芸芸眾生單獨挑出來，沒有任何故事不值得書寫，沒有什麼生命不值得記錄。快樂也能是一種不快樂，有時，不快樂才是真正的快樂；但，快樂是一時的情緒，而不是人生的目的。

真正的人生總在快樂與不快樂之間晃蕩，不斷尋求靈魂寧靜的片刻。活得庸俗不是問題，而是忘記了偉大的可能。文學使我想要變成一個好人。

沒有歷史的人

黑色十三號星期五之後，巴黎迎來悄然寂靜的周六清晨。部分道路持續封鎖，地鐵停駛，學校關門，公共場所如博物館、鐵塔、凱旋門等停止對外開放。我記憶中如此空無一人、寧靜到有點森然的巴黎街道，唯有梅維爾（Jean-Pierre Melville）一九六九年電影《影子軍隊》的片首。一開始，導演企圖複製當年德國納粹軍隊開進巴黎的那個早晨，向來喧鬧光彩的香榭大道一片死寂，巴黎沒有了人，剩下一堆無生命的建築碑塔，唯剩卵石路面仍悄悄閃耀晨光，但，在德軍行軍經過凱旋門之際，那一點點晶瑩的光亮立刻遭軍隊的黑影掩蓋。

周五九點多，夜晚的歡樂才開始，我的朋友正扶著大腹便便的妻子過馬路，進入電影院，她預產期已過，但孩子尚未有動靜，產婦焦躁不安，他們出來看場午夜電影透透氣，穿過巴士底廣場時，嗚笛警車像魚群一樣快速通過，另一群私家車輛朝反方向飛馳。要再過二十分鐘後，近十點鐘，全城才警覺，十一區的巴塔克蘭劇院發生恐怖大襲擊，一群恐怖分子持槍闖入搖滾音樂會，四處掃射，年輕樂迷當場死傷大半。彈指之間，每個巴黎人都有認識的孩子消亡在那場大屠殺。嫌犯在逃，半夜，法國總統奧朗德宣布全國緊急，關閉邊境，必要時實施宵禁，派遣一千五百名士兵上街。上一次法國總統宣布全國緊急，是在阿爾及利亞戰爭期間，宵禁則是一九四四年。

電視機響著，法國總統聲調徐緩，填滿小小公寓的空間，整棟樓格外寧靜，彷彿只有我一人在屋子裡，其他鄰居都不在家。我推開窗子，冷氣撲鼻而來，夜空一如往常地沉靜，星光忽閃忽滅，冬日的冷冽加強了巴黎景色特有的沉鬱。我所在的這條窄街一向挨挨擠擠，此時空曠而清爽，我突然有個錯覺，另一個遙遠的時空正與我的時空重疊，相同的窗口，一樣刺骨冬風，幾個世紀之前，這個窗口被另一個人推開，這個人同樣在凝神聆聽夜晚的歌聲，不曉得他和我是否聽見同一首曲調。

直到周日上午，政府仍呼籲民眾盡量留在室內，除非必要絕不出門，但，整個周末，天氣太美，天晴日和，空氣甜美清新，民眾一如往常去河邊散步，坐在戶外喝咖啡。長期以來，巴黎已不僅是法國的首都，而是代表了一種無良耽美的世俗態度，經歷無數戰爭、革命，斷頭台或街壘，資產階級抑或無產階級，西班牙畫家還是美國小說家，都無法撼動這座城市的生活美學。日子照常繼續。

我扣上大衣，雙手插在口袋裡，混進巴黎大街的人群。清風拂面，咖啡館飄來香味，綠蔭仍盎然，腳下街面震動，地鐵隆隆通過，鼻尖朝天、厚抹脂粉的老婆婆又出來遛狗，這次多牽了一名金髮小男孩。我側身，敏捷地閃過她和她的孫子，讓路給她的狗，以及後頭那對自以為是的年輕情侶，並與那位坐在長凳上目睹一切的鴨舌帽老先生迅速交換了微笑。我繼續走在地表上。我活著，又相當於沒有活著。我不知為何剛好在這裡，也不知為何當時不在那裡。此時此刻，我特別意識到自己的可有可無。又一次，我嚐到生命的無常。又一次，我可能就是那些無名的傷亡數目之一。沒有名字，沒有身分，只是某處住宅高樓火災時奪去四十條人命之中的一條，或輪船遭冰山撞沉時與幾百人一起沒入海底，還是一顆炸彈在市中心炸開，公寓倒塌時跟著全體鄰居一同被埋進灰燼，而有些鄰居我平時連名字都叫不出來，唯有死亡終究使我們親密。

這個世紀開始時，人在香港，號稱世紀大瘟疫來襲，繁華城市頓成凋零棄城，人人出門必戴口罩，地鐵上全是無臉的鬼。去斯里蘭卡島，遇上人類史上規模第二大海嘯，本來要搭乘的火車以及當晚要投宿的旅館全部遭高浪捲入大海，與其他民眾形成一串人蟻沿山爬坡，往高處避難。居東京，碰上日本觀測史上規模最大的東北大地震，當夜福島核電廠爆炸，一時之間，空氣和水都不能信任，物質吃緊，跟著東京人默默過了一陣宛如戰爭時期的日子。在波士頓，碰上馬拉松爆炸案，全城封鎖，困在室內，黑暗中，傾聽任何來自外界的消息；而今在巴黎，又度過了一個無眠的夜晚。我與千萬人同生，也隨時會與千萬人同死。理由只是我剛好在那裡。而我暫時還能雙手插袋，神態悠哉自在地在街上閒晃，也只不過因為我剛好不在那裡。

二十九萬餘人，至少一萬八千人，近三百人……死亡數字中的一個。新聞標題，歷史課本，維基百科，記載了人類歷史中的一個時間點，提到一個數字，裡頭包含了臉孔以及人生。海嘯、地震、瘟疫，子彈、炸彈、核爆，舊世紀或新時代，恆常不變的是人人紛紛死去的方式，如螻蟻，如蜉蝣，如落葉。我們原本注定遭歷史遺忘，若我們今日走入歷史，不是因為建造了一座壯觀的鐵塔、或發明了電燈泡，而是參與一組死亡數字。生命的脆弱將我們黏結在一起。

二〇一七年二月一個溫暖冬夜，晚間七點多，有人在香港地鐵列車縱火，我正趕往一場舞蹈表演，跟著大批下班人群堵在臨時遭關閉的尖沙咀站，焦慮地想在地下找條出路，我滿腦子又開始轉著那些奇特的生死時刻，在巴黎、在曼哈頓、在東京、在台北、在可倫坡，世界各處，一個決定性的瞬間，使得我與周圍其他人類的命運立即緊緊相連。不管之前我們各自的生活相隔多麼遙遠，性格南轅北轍，說不定生命哪個時間點曾經出現衝突、彼此怒目相視，那個時空的當下，我們卻親密分享共同的命運。我們無法死在情人身旁，而是即將與隔壁這個從未見過面的陌生人一同攜手走向死亡。每場戰爭爆發，每次洪水淹沒，每回火山爆發，無名的人全以相同的面目集體走進歷史，即一名舉無輕重的亡者。

尤其在城市，無名的命運似乎被推得更遠。當香港地鐵人潮如同斯里蘭卡的海浪推擠著我，我奮力想要撥開海潮，游向我想去的方向，卻不斷迷失在思緒波濤之中。一張張臉孔隨浪漂浮而過，每張皆可過目即忘，儘管任何一張臉都是一個完整的生命個體，都有屬於他的憤怒哀樂，他獨特的痛苦，他的掙扎，他的喜悅。他或許平淡無奇，存在或許可悲，那麼不足為道，依然是一座自行運轉的小宇宙；然而，正是這樣一張無名的臉，剛剛在地鐵車廂內縱火，企圖傷害其他無名者。

巴黎出事前一天，向來有「小巴黎」之稱的貝魯特同樣遭受連環自殺式炸彈攻擊，至少三十七人死亡，近兩百人受傷，其中還包括一位年輕的父親為了拯救旁邊的路人，犧牲了自己的性命。又如二〇一三年肯亞發生購物中心襲擊事件，人們在地下室超級市場買菜時被殺，三樓舉行美食比賽，婆婆媽媽們包括大腹便便的孕婦全都中槍倒地。再早些年，二〇〇八年印度孟買同樣發生連環襲擊，槍手散落城市各處，同時作案。高效率的現代武器如炸彈、機關槍進入了人口密度高的城市，進行無差別殺人，家常街道頓成殺戮戰場。而一名生命失意者，在人潮之中，引爆他的恨意，效果不下於一顆小型炸彈。我迷惑的是，什麼時候開始，無名的死亡已不再是歷史的意外、大自然的殘酷，而是有計劃的街坊屠殺。人們被殺，只因他們在熙攘的城市街角如常生活，做些尋常的事，仇恨卻直接找上了他們，而這張殺手的臉孔屬於另一個無名的人。彷彿無名者反抗歷史、想要創造歷史的唯一方式，竟是殺掉其他無名的人，越多越好。

他人即地獄。死亡變得更不具意義，機運更無常。滿臉皺紋的法國老母親，忠誠愛家的回教徒丈夫，強褓中的嬰兒，捲髮高大的非洲男子，想要成為哲學家的日本留學生，辛苦存錢三年好不容易放假旅行的美國情侶，只因那個巴黎深秋的周五夜晚如此美好溫暖，不約而同選擇露天吃飯，他們彼此不認識，卻一起死在街頭掃射的機關槍下。死亡原本純屬偶然，無需特定理由，現在卻遭仇恨綁架。你的膚色、語言、性別、政治傾向，你個人所有的無聊的小小的堅持，像是絕不在麵包同時塗奶油和果醬、你對垃圾分類的狂熱堅持，全都不重要。只因你搭上了那架飛機、坐了那輛列車、去了那場演唱會，你就該死。就算你恨你的政府又怎樣，我更恨你的政府，所以我可以除去你。我同樣能為了我的悲慘，怪罪於你的幸福，而執意摧毀之。因為你不是你，你沒有自己的臉孔，一如我沒有自己的臉孔。對著面目模糊的無名，暴力似乎更少了猶豫的理由。當人們因為擁有自由追求資訊與獨立思考，而越來越政治覺醒，明白世界的不公平，理解了共犯結構，許多無辜的人於是變得不無辜。人人皆無名、人人都有罪的情況下，如何繼續追求正義、而拒絕極端暴力的誘惑，已是網路新時代特有的道德困境。

法國小說家卡繆與法國哲學家沙特原本是好友，後來翻臉，恐怕也就是因為面臨此種道德的兩難。關於反抗，沙特信奉馬克思主義，相信行動，卡繆相信真正的自由來自精神上的獨立，不願暴力。阿爾及利亞獨立戰爭時期，出生於阿爾及利亞的「黑腳」卡繆面臨更大的挑戰，獨立分子放置炸彈，隨機攻擊城市，堅持人道主義的卡繆說，「我母親可能會在任何一輛電車上。如果那是正義，我寧可要我的母親。」

城市的人群，看似無名，但每扇窗子後面都是真實的人。當我們學會幫對方恢復人性的同時，我們也將恢復自己的人性。為了認出自己的臉孔，我們必先認出彼此的臉孔。

餘生

伯納約我到巴黎六區，聖潔曼廣場邊上，波拿巴街口的波拿巴咖啡館。我看過一張舊照片印成的明信片，指稱沙特生前就住在樓上。

除了侯諾，這次他又多帶了另一名年輕人，叫本雅明。因為早先在香港已熟識了，侯諾對我特別親切，服務生過來時，我使用初級法文課本的詞彙「牛奶咖啡」（café au lait），侯諾體貼幫我解釋：「奶泡咖啡。她要奶泡咖啡。」（café crème），服務生轉了一下傲慢的眼珠子，語氣不耐：「牛奶咖啡，奶泡咖啡，一樣的東西。」

侯諾瞬間刷紅了臉，不安地朝我微笑，我回以搖頭，示意他別放在心上。意料中事。這是巴黎咖啡館，我們如此不合時宜，一眼就瞧出奇怪組合的這群人，當我們選擇走進來的那一刻，就該預期會受到怎樣的待遇。

伯納的心情絲毫不受影響。他方頭大耳，下巴豐腴，身軀龐大有如一尊米其林輪胎胖娃娃，擠在那把典型巴黎咖啡館的籐墊木背小圓椅上，很不協調，帶點喜劇演員的滑稽感，他興致昂然，抬高下顎，粗眉下的眼神靈活敏捷，四下張望，他就像上學半途突然決定逃課的學童，背著書包，拔足狂奔一陣，找到一處他認為安全的地點，掏出口袋的少許零錢，從小販手上換來一杯熱巧克力，一邊貪婪地啜飲那杯熱巧克力，一邊打量眼前的大城市，這是他的遊樂場，小男孩掩不住喜悅，心中飛快盤算著怎麼玩耍，揮霍一整天難得的逃課自由。

咖啡館朝向卵石嶙嶙的聖潔曼廣場，左手邊是古老的聖潔曼大教堂，右手邊是盛名的雙叟咖啡館，藍空澄澈無雲，上午十點的陽光略微刺眼，人潮車流一下子便淹沒了廣場。我啜著我那杯既是牛奶咖啡也是奶泡咖啡的東西，聽著伯納滔滔介紹，這一帶如何畫廊林立，他如何認識好幾家畫廊老闆，譬如一間專門經營亞洲藝術品，連在亞洲都聲名鼎盛，還有一個家族獨家代理超現實畫家達利的作品，據說達利死之前簽了許多空白的紙張，任他們繼續印製版畫，迄今全家吃喝不盡，富貴榮華。他很起勁重複發音那些朋友的名字，一再追問我認不認識，我反覆搖頭，承認無知，侯諾在旁熱心傾聽，表情與我同樣茫然，而年紀最輕的本雅明像條魚張嘴呼吸，神色渙散，魂魄根本不在現場。

伯納說，沒關係，待會兒帶我去轉轉，介紹我認識他的漂亮朋友們。

這次出來，主要帶本雅明見世面。本雅明是侯諾的小同鄉，也是佩皮尼昂（Perpignan）出來的，十七歲，不想唸書了，一心要見識世界。上次伯納帶侯諾去香港、廣州、上海、北京繞一圈，本雅明聽了也很嚮往。

伯納說：「年輕人就需要闖蕩，歷練。」

「侯諾不去了？」我問侯諾。

「想去。」侯諾露出男孩子氣的靦腆笑容，他畢竟也才二十六歲。

「上次那個女友後來還有聯繫嗎？」我說。

侯諾瞄一眼伯納，很快否認：「只是普通朋友，稱不上女友。回來就沒聯繫了。」

「本雅明，我帶本雅明。」伯納生硬打斷。本雅明無動於衷，張嘴迷惑盯著隔壁桌的紅男綠女。

伯納迫不及待拿出幾張照片，攤在桌上，要我看。天安門廣場，兩個人，一大一小，一高一矮，大人和兒童。大人身型清瘦，個頭不高，削短髮，一身毛裝，戴副墨鏡，鏡框很大，遮掉了半張臉，露出線條疲憊的薄唇。被大人緊緊攬在身旁的兒童大約七八歲，理平頭，五官略比一般中國小孩深邃，可能是混血兒也可能是新疆維吾爾族人，說不準，照片上，他瞇深了眼眉，顯得怏怏不樂，不知道是因為拍照當時太陽太大，還是他因為旁邊那個大人不是他的親人而心情憂愁。照片色調泛黃，影像模糊，但是因為失焦，而不是因為年代久遠。

「當年時佩璞就是寄了這張照片給我，告訴我，這是我的兒子。要我把她們母子弄出中國。」伯納嚴肅莊重，仍以「她」稱謂，他要我相信，就像他始終堅持全世界都應該相信，當初他愛上了的是一個女人。

喝完咖啡，我們四個人起身，鑽進塞納河左岸拉丁區。伯納當領隊，走在最前面，確保我在聽得見他高談闊論的距離，隨時想到什麼隨時轉頭告訴我，侯諾緊跟我，紳士地提著我的手提袋，金髮碧眼的本雅明呆頭呆腦走在最後頭，一副隨時會脫隊的樣子，結實軀體煥發青春的氣息，走在巴黎街上，像頭鵝八字腳漫遊田埂，笨手笨腳，神情迷惑，這些樓這些車這些充滿香氣的商店不知道代表什麼意義。伯納不時喊本雅明注意，他罕有反應，彷彿他一個人獨自來逛大街，跟我們其他人皆無關。相反地，侯諾殷勤跟前跟後，伯納卻視而不見，把他當空氣。

我們先進了塞納河邊伯納說的那間著名亞洲藝廊。空間窄小，基本上只能算條走廊，兩邊木架高及天花板，塞滿了小件古董珍品，佛像、玉鐲、花瓶、瓷器、景泰藍，聽伯納介紹時以為是展示當代中國藝術，其實是潘家園高級版的古玩店。主人躲在店深處，電腦螢幕擋住他整個人。伯納站在門口喊他名字，菲力。菲力不情不願現身，伯納介紹我，菲力眼睛發亮，嘴角綻放，整個人走出來握我的手，是一個高高瘦瘦的男人，臉型也細細長長，架副金屬細框眼鏡，有點學究氣質。在伯納狡猾的解說下，他誤認我是亞洲來的紀錄片導演，我法文不夠好，也顧及伯納的面子，難以啟齒矯正他，只得任他興奮地解說他小店的特色，闡述他開店的抱負。我們三人站在店裡暗影中涼快聊天，侯諾和本雅明被擠出店外，外頭大太陽，一個皺眉，一個瞇眼，一個黑髮，一個金髮，一個秀氣，一個陽剛，背對背，各自眺望街的兩端。

閒聊結束，菲力沒問我們接下來要幹嘛，伯納故意說漏了嘴，宣稱我們要去那間鼎鼎大名、達利指定獨家代理的畫廊，菲力做了一個線條誇張的笑臉，表示驚喜或是羨慕，說不太準。我們一行人重新排列隊形，就像我們當初來的方式，縱隊沿著巴黎老街往回走。

畫廊第二代已經接手了，巴黎布爾喬亞富家子弟，西裝剪裁合身，髮浪定型在耳後，雖是商賈氣質，不失優雅。他和他的高齡老母親剛好在畫廊裡，客氣接待了我們，任我們在裡頭聊天近一小時，但不供茶水也不拿椅子出來，體形壯碩的伯納終於累了，一屁股坐在店裡的台階上。

老母親一頭優雅銀髮，因為年邁而身形縮水，瘦小如童，略微佝僂，此時收起從我們進門以來始終維持的和顏悅色，一言不發躲到櫃台後面，再也沒繼續跟我們聊天。

接近一點，畫廊小開笑容可掬地表示，要請大家吃中飯。老母親表達回家午睡的意願，雖然她看起來並不疲倦，但她毅然決然跟我們一行人說再見，沒等自己兒子鎖門，便轉身離去。小老闆手勢漂亮關上畫廊大門，示意我們將去布西街（rue de Buci）的某間海鮮餐廳。伯納掩不住興奮，自以為很小聲附在我耳邊，那間海鮮餐廳「非常之高貴，聞名巴黎，權貴名流的最愛」。聽起來很熟悉。他也曾用相同句子，鄭重推薦一間餐廳，「非常之高貴，聞名巴黎，權貴名流的最愛」，我因而忍痛花了一大筆銀子去見世面，點了條魚，送上來時是純黑如一條巧克力，全烤焦了，見不到一點魚皮白肉，當我這名亞洲人抱怨，服務生面不改色，聳聳肩，大致愛吃不吃隨你的意思。

波特萊爾曾經漫游的布西街，不分四季，終年爆滿英美觀光客。八月巴黎，大部分店家休息，布西市場照常開張，觀光客沒地方吃飯，更往那頭跑。布西街上那間海鮮餐廳果真普通極了，菜單簡陋，桌上鋪著紙，依然滿座，服務生滿頭大汗，緊張兮兮，送上來的菜色完全勾不動食慾。我們五個人局促擠在兩張小桌併成的五人座，當我叉起盤裡那些垂頭喪氣因此我竟有點不忍吃的沙拉葉時，我的肘子不斷撞及旁邊伯納的胸膛。然而，就像店裡其他客人，我們個個眉開眼笑，心情快活，互相比賽講言不及義的蠢笑話，方才在自家畫廊顯得嚴肅矜持的富二代和伯納頭靠頭，杯碰杯，開懷大笑。巴黎特有的細膩光影靜靜流蕩空氣中，淌入咖啡店桌腳下的拼花瓷磚地，滑進人們的瞳孔，使得每雙眼眸都看起來含情脈脈，隔壁花店飛來一隻蜜蜂，嗡嗡繞著杯緣的果蜜兜圈子，馥郁花香宛如優美的眾仙子翩翩飛舞，徘徊不去，街角有人用小提琴拉香頌，這是夏天，你在巴黎，實在沒什麼好抱怨。

伯納大點特點，前菜、主菜、配菜，冰鎮過的玫瑰紅酒一壺接一壺，飯後甜點、咖啡。隔壁桌客人聽到我們說英語，很快也加入談話。伯納又講了一遍一九六四年中法恢復外交，法國大使館在北京重新開張，他便是第一批被派去中國的法國外交人員，當年北京氣氛冷冽，街道黑蒙蒙，燈光很少，入了夜漆黑一片，太陽爬上了紫禁城的樓頂，琉璃瓦蒙上了灰，不再光彩流射，人們神色與他們的衣著同等暗淡。他大量描述當時的城市細節，卻沒接下去提起那個他逢人便提的名字。青春煥發、五官純真的英國觀光客嘖嘖稱奇，讚歎伯納的輝煌經歷，舉杯向他致敬，伯納情緒高漲，仰頭喝盡了杯裡最後一滴，馬上再喊壺紅酒來。一頓尋常午餐吃到下午近四點，記不清喝了多少酒，桌上全是空掉了的玻璃酒壺，最後由富二代買單。

許多年後我回想那日午餐的場景，我才明白這位畫廊小開是慷慨的人，對伯納有情有義。伯納鬧了頭條全國性醜聞，不，全球性醜聞，他身為法國外交人員，為了中國情人，背叛國家，因此坐了牢。經密特朗總統特赦，出來後身敗名裂，全巴黎視他為笑話，不見得因為他叛國，而是他宣稱他愛上了一個中國女人才這麼做，而「她」卻在法庭當場招認，自己徹頭徹尾是男人身。伯納在獄中聽說這個消息，企圖以刮鬍刀片割喉自殺，流出來的血讓指頭太滑，薄刀片從他指尖滑落，自殺因此失敗。他自始至終強調他不知道她是個男人。他堅持時佩璞騙了他。他背叛了法國，但他覺得時佩璞對他的背叛更難以忍受，那是情人的背叛。

那群英國觀光客離開後，伯納再一次提起，我想拍他的紀錄片，曾有名美國女記者寫了本他的傳記，他記得他曾拿給畫廊小開一本，畫廊小開點點頭，伯納要畫廊小開明天帶給我，又加了一句，你不是寫了一本達利傳記，我想我的亞洲朋友能幫你翻譯，推廣到亞洲去。畫廊小開看著我，無可奈何地說，好吧，妳明天再來畫廊一趟。

隔天上午十一點，我按照約定時間過去，畫廊小開和他滿頭銀髮的母親才正開門。他們花了點時間對付門鎖，點燈，開空調，他的老母親丟給我一個優雅的微笑，隨即盡量不朝我看，刻意得明顯，好像我做了什麼莽撞不得體的舉動而渾然不覺，她替我的粗俗愚昧感到尷尬，為了不使我丟臉，只能對我視而無見，盡量替我保持我的尊嚴。因為她的教養，必須忽略我的缺乏教養，才對我不理不睬，大約是這個意思。我感覺對方的不自在，選擇不踏入畫廊，靜靜留在門外，近午微熱，塞納河邊吹來的清風依舊涼快，經陽光曬過的樹葉餘香無窮，我腳下的街道曾有詩人、僧侶與妓女走過，頭上的樓房窗口住過哲學家、女僕、貴族，附近咖啡館招待過藝術家、革命分子，過了河的廣場上，國王皇后的人頭就在那裡落地，而我只是路過，就像剛剛從我頸後拂過的風，那樣輕，那樣淡，還來不及待下來就要離開。畫廊小開走出來，風度翩翩，遞給我兩本他寫的達利傳記，裁成四方形，像童書一樣圖文並茂，和那本美國女記者寫的伯納傳記精裝本，一大一小，「這是伯納交代我給你的東西，請你轉告他，我已經如約給了你。」我道謝，並道別。從此不曾上門打擾。

我第一次見到伯納是在上海。有個大學學弟打電話給我，你的蝴蝶君來了上海。我起初沒聽懂。因為對我來說，迦俐瑪（Rene Gallimard）是文本裡的人物，就像哈姆雷特、賈寶玉、果陀、唐璜、孫悟空，雖然我跟他們很熟，但他們只是我想像中的朋友，根本不存在於這個世上。這名學弟是酷的化身，光頭，時尚打扮，個性隨和，交遊廣闊，從電影明星、攤販老板、小說家、社運分子到搖滾歌手都是他的朋友，什麼人都喜歡他。他說，你們那屆畢業公演，你負責導演，你挑了黃哲倫的劇本《蝴蝶君》，那個法國外交官現實生活裡叫伯納，他現在上海，我想你有興趣跟他碰面。

我當然有興趣。左拉說，一名浪蕩子習慣了所有的不期而遇。

我去了那個藝術博覽會，場地很大，人潮鬧哄哄，藝廊都沒什麼名氣，作品水準參差不齊，通道中間擺了幾張塑膠桌椅，伯納、他的羅馬尼亞畫家朋友、和我學弟坐在那裡，看起來很擋路。學弟揮手招我過去，羅馬尼亞畫家長得像《男歡女愛》電影的艾梅（Anouk Aimée），褐色大眼眸，閃爍溫柔，美麗而高雅，親切向我微笑，很快交談起來，而伯納不看我也不跟我哈囉，事實上他似乎極力在克制想要與我招呼的衝動，他雙唇緊閉，雙頰鼓了風，彷彿憋氣潛水看自己能在水底待多久，逐漸漲紅臉，腦缺氧幾乎要暈死過去，卻依然不敢呼吸，深怕稍吐一口氣，自己好不容易膨脹起來的名人氣勢立刻如氣球遭針戳破，砰，超秒速流光洩盡。

他跟我想像中的「迦俐瑪」完全不一樣。我大學第一次讀到華裔美國劇作家黃哲倫劇本《蝴蝶君》時，並沒有將那名法國外交官想像成玉樹臨風的美男子，但，我總是以為那是一個普通到不能再普通的法國男子，中等身材，容貌尋常，神情略顯憂鬱，心思藏得緊，內向寡言，最厭惡引人注意，極願意讓自己像一滴水掉進大海那樣消失於人群中的那種人；我想像，你需要至少與他見過三次面以上，才能將他的名字與相貌完全兜起來，而且要在他鬆懈防備的剎那，不經意對上了他的目光，你才能瞥見他孤獨靈魂的輪廓。我想像「迦俐瑪」正是利用了自己的普通人特質，作為掩護，保守秘密的習慣根深，才有能力長年默默走私了法國政府的文件機密給他的中國情人。我想像他的內心狂野而熱情，對外界道德倫理其實鄙夷不屑，我想像他愛起一個人來是那麼不顧一切，飛蛾撲火，就算燒成灰燼也甘願。我想像。我有無窮盡的想像。

伯納似乎便是明白這點。他知道我慕名而來，他接受我肆意打量的眼神，像雷射敏銳在他全身上下皮膚遊走，而他坐在那裡，使勁要儀表堂堂，風度翩翩，以符合我腦海中那個傳奇的形象，額頭因此都出了汗。

這時，我想像，他出了獄之後這些年來，他要面對多少像我這樣初次見面便掩不住好奇近似侵犯、有時甚至不客氣的眼神，我於是立即克制住好奇心，直接喊他名字，讓他不得不破壞他精心經營的羅馬男神雕像側面，與我交談。他轉過頭來，我看見一張福態的大叔臉。如果他沒有因為間諜案而入獄，也到了退休年齡。他有顆肉鼻子，粗眉，三角眼，下巴與脖子連成一片，他想要挺起胸膛，卻挺出了小丘似的肚子。我想要從那雙小眼睛窺探秘密的憂鬱，卻撞見孩童式的疑懼不安。他怕我。怕我不相信他，怕我鄙夷他，怕我評斷他，怕我對他的偏見根深蒂固，怕我不把他當人。最主要，他怕我不喜歡他。他希望我喜歡他。多麼渴望我喜歡他，信任他的故事，肯定他的經歷，甚至帶著嘖嘖稱奇的讚嘆眼神，崇拜他像雲霄飛車的一生。

他覺得他是名人。就某方面，他確實是全球性的名人，他的故事搬上了百老匯舞台，改編成好萊塢電影，連一個在台灣長大的孩子都耳熟能詳，因為有機會認識他而感到興奮。

一旦他從我的眼神明白，我是他期待的一切，他整個人鬆懈。我才發現他原來是一個喜愛講話的男人。他一開口，就講個沒完，而且口無遮攔，醜聞、牢獄、恥辱似乎沒打擊到他。

這些年後，每當我想起伯納，第一個浮現的景象總是那年深冬他來香港找我，坐在我家客廳地上，像棵盛大的聖誕樹，閃著歡愉的光彩，他有股單純的快樂，純粹因為來香港找朋友感到親切的家常喜悅。我是他的朋友，他是我的朋友。就這樣子。其餘不重要。

當然，其實很重要的是他人在香港，而香港是中國的一部分，對他來說，回到中國代表了他當初叛國並非只是滿足性慾，而是做了道德抉擇。在他無數次對我重複的他的故事版本裡，那是一九六四年，中法第一次復交，他屬於第一批去北京述職的法國外交人員。他只有二十歲，他很驕傲地說。

而美國女記者在書中形容這名二十歲法國小伙子，剛從布列塔尼省出來，毛毛躁躁，淺碟子一個，暗示他鄉下人，出身卑微，什麼都不懂。我能想像他的寂寞。二十歲，你離開你的家庭，即將有機會見識的花花世界，你興奮，激動，告訴自己千載難逢，一定要勇敢，你擺上最友善的笑容，你準備好最開放的心胸，你去到一個不認識你、認識你之後也不在乎你的地方，不管那是新城市、新辦公室、還是新場所，你自以為終於找到了屬於自己的位置，而別人只是認為你來錯地方。那一雙嚮往的雙眼。你的渴望，你的夢想，在別人眼中，只是你的弱點。

在我認識伯納的時候，我依然認出他眼中的渴望。多麼熟悉。年輕的我每天起床時都會在鏡中與相同的眼神相遇。

他來香港時帶了侯諾。他們陪我去買菜，侯諾就像弟弟亦步亦趨跟著我，幫我提菜籃，他話不多，總是靦腆地笑。他的黑眼珠和黑頭髮，細緻的骨架子，讓他看起來像漂亮的西班牙小伙子，眼神脈脈含情。他二十六歲，與當年伯納剛認識的時佩璞同齡，從沒有工作過一天，始終在領社會救濟金。

伯納強調他們不是情侶。侯諾附和，「我們不是。」

我點點頭。私事，沒什麼好問。

飯後，我家客廳小，只有一條長沙發，伯納叫其他人排排坐，自己選了地板。他讚嘆香港的絢爛繁華，不到五分鐘，重提時佩璞。時佩璞出獄之後留在巴黎，領法國救濟金。伯納認為中國應當也提供他社會福利金，住在中國養老。

「我來中國，都有人跟蹤我，有一天，我回頭跟那個跟蹤我的中國人說，我愛你的國家，我為你的國家做了不少事，我不可能做出傷害你國家的事情，回去告訴你的領導，與其花時間跟蹤我，不如安排我留在中國，我很樂意留在中國。那個人目瞪口呆，不知道說什麼才好。」

「然後呢？」

「然後，他只好走掉了。隔天他們又派了另一個人來跟蹤我。」伯納不無驕傲地說。他喜歡中國政府在監視他。

從香港，他和侯諾過了羅湖，去深圳。十天後，伯納一個人從北京氣呼呼回來。他跟我吃飯時，臉色不悅，心情糟糕，我不斷追問下，他才告知，侯諾在深圳就扔下他不管了。

「他在大街上認識一個菲律賓女人。他們說他們情投意合，情感濃密得分不開。我拉他離開，菲律賓女人拉他留下。最後我一人先去了上海。」

「他還在深圳？」

「我不知道。他叫我自己北上，他會來北京找我，結果我不見他蹤影。」

他一人悻悻然回去法國。我不知道侯諾何時離開深圳。隔年夏天在聖潔曼廣場，陌生的本雅明陪伯納，顯得理所當然，侯諾的出現才令我驚訝。

他們不是情人。伯納在我面前絕口不提的情人，我從未見過。據說他臉瘦身長，貴族出身，聰明博學，斯文有禮，天底下沒有比他更溫和優雅的人。伯納出獄之後，與他一起同居在法國南方的佩皮尼昂。熊形的伯納在他身邊就像一頭溫馴的聖伯納犬。他診斷出愛滋，後來過世了，伯納這頭聖伯納犬恢復了狂野本性，躁動不安，賣了房子，把錢全花費在中國旅行上。伯納一心一意認為中國會認可他，照顧他，感激他所做的犧牲，畢竟他是因為中國而坐了牢。

這世上，太多的一廂情願，因此我們總是誤解自己值得對方的忠誠。

伯納一心一意要我為他翻案。他滿腔純真地相信，我有那份能力變成他在中文世界的代言人。寫書、紀錄片，採訪報導他，都好。他因此帶我去見他認為是上流社會的好友們，像是專門代理達利作品的巴黎畫廊，像是某法國家電品牌家族的女婿，那男人聽說曾是法國電視節目主持人，只因娶了有錢人家的女兒，於是急流勇退，從娛樂圈退役，轉行當畫家。在伯納的引薦下，我進了那間座落在巴黎蒙梭公園（Parc Monceau）附近的花園宅院，窗外藍空紅花，綠蔭灰樓，陽光耀眼，室內漆成全白，連地板也鋪滿昂貴的白色大理石，每面牆都掛了男主人的畫。每一幅畫皆幾乎與牆面一樣大，白底帆布潑了大紅油彩，彷彿謀殺現場的斑斑血跡。他解釋，他正處於紅色期。

「中國人喜歡紅色，不是？」他問我。

我遲疑了一下，「代表喜氣。」

「那他們會喜歡我的畫？」

「應該有人會欣賞。」

他高興起來，「有機會我很樂意去中國開畫展。」

伯納在旁邊幫腔：「我最瞭解中國，我發誓中國人會喜歡你的畫。」

畫家急切問我，「是嗎是嗎？中國人會喜歡我的畫？」

伯納權威口吻，「不僅喜歡，還會搶購。你不曉得現在中國人多有錢？我記得一九六〇年我落地北京，什麼都沒有……」

畫家不理伯納，抓著我，好像在接受專訪：「中國文化，我很有興趣。能與中國交流，將是我的榮幸。」

伯納擊掌：「太好了，我們去中國。我們全部人都去中國。我早就說過，中國是世界的未來。」

伯納宣稱，他每回從佩皮尼昂上來巴黎，都是在畫家家裡過夜。

「他對我好得不得了。你知道他娶了那個家電品牌的女兒吧？你知道那個家電品牌在法國是數一數二吧？看過那間房子了吧？裡頭房間一大堆，他們隨便我住，根本不在乎我住多久。有錢人通常小氣，因為他們不想別人占他們便宜，但他們對我很慷慨。我是朋友。」伯納語氣急切，希望我一定明白他與畫家的交情匪淺。

就像他不斷重複，他曾在皇家港一帶擁有一套大公寓，盧森堡公園如何近在咫尺。他告訴我那些他曾夜夜光顧的著名飯館，那些他曾結交的響叮噹名人，那些他曾見識的場合。照片，書信，剪報，書籍，他認為代表性的朋友。之後他在巴黎送了我一捲畫。我展開那張紙，看見伯納雙腿交叉而坐，雙手交叉擱在大腿上，略微側面，神情莊重，眼皮下的眼神若有所思。一名中國畫家畫了伯納的全身畫，送給了他，他轉送給我。

他的記憶，他要轉交給我。只因我大學畢業公演導了一齣不怎麼樣的《蝴蝶君》。現在他把我當作伯納紀念館的執行人。

我確實認真盤算過如何拍伯納的紀錄片。當時剛過三十歲，雖然三十歲之前的人生幾乎一敗塗地，每份工作都做不久，到哪裡人緣皆差，寫作前景黯淡，我想過自己學習電影裡的叛逆女，剪光頭髮，衝到街上，大聲詛咒全世界都擋在我面前。但，我畢竟是中產階級養出來的女兒，看似隨波漂流，卻仍把父母給我的教養當作手帕隨身攜帶，人生想要打噴嚏時，就趕緊拿出來掩口，深怕自己干擾到他人。我塗寫了簡易的計劃書，到處問人，我不得其道，然後這件事就像我的諸多寫作計劃，付水東流，不了了之。

伯納住到了布列塔尼省的養老院，常常寫信給我。信不是他寫的，也不是專寄給我，他只是將其他人寫給他的信，群發給一堆人，前面頂多加一句，哈囉，我親愛的朋友，你在哪裡，你看看，某某人剛寄了一封信給我。有張照片，他寄了三次。裡頭四個人，戴了巴拿馬男帽的羅馬尼亞畫家，優雅有如米蘭昆德拉筆下的莎賓娜，俊美似太陽神阿波羅的侯諾，心寬體胖的伯納，還有一名面黃削瘦的東方女子。伯納寫，「親愛的朋友，這張照片證明了我在各地都擁有深厚的友誼，謝謝你們。」

我都不記得，哪一年在巴黎，我們四個人曾一道拍了照片。我不知為何笑得很憂鬱，好像根本不想入鏡。

我猜伯納很寂寞。同居人死後，他安靜了幾年的靈魂重新躁動不安，帶著年輕貌美的男孩子，一再前往中國旅行，來來回回了幾年，旅費浩大，終至賣掉佩皮尼昂的房子，最後不得不回到他痛恨的布列塔尼省。

我們曾討論過布列塔尼，他問我最喜歡法國哪一省，我說布列塔尼，因為那些一望無際的臨海斷崖，深入大海，石嶼點點，漁人燈塔孤立，即使夏天，天氣也陰晴不定，氣氛淒迷，散發強烈孤寂況味，對我來說，具有致命的詩意，他眼珠子都快掉出來，嘲笑我：「你試試看在那裡度過半個冬季，不，一周就好，所有你的詩意都會凍死。我在那裡長大，我再也不想回去。」而今他住在布列塔尼的公立養老院，中國、醜聞、時佩璞、混血孩子，國族、忠貞、冷戰，離得遠了。他在他的手機上拼命寄群信，就像往浩瀚外太空發射訊號，深切盼望宇宙遙遠某處，有個星球會有生命，回應了他的友誼訊號。

他背叛了法國，到頭來是法國養他。他痛恨他故鄉的天氣，臨老，又回去那個海邊的省分。

他住進養老院前一年的八月，我和皮皮步行穿過西堤島，聖母院前方廣場如常遊客如織，陽光閃耀在河兩岸灰色巴黎屋脊，藍天白雲，河水奔流，鴨群棲息石堤，啄食石縫之間的青苔，捲頸藏項於翅下，閉眼午覺。

前個禮拜，皮皮的外婆剛過世。一輩子不信神的外婆出生於一戰期間，活過了二戰、冷戰，見識了手機的發明，學會上網，在二十一世紀時碰見死神。她惘惘無依，失了主意，不知該如何是好。死前三個月，她去教堂，找神父傾談，臨行前皈依天主教。皮皮由外婆一手帶大，她是他世上最親的人，雖然她上了年紀是事實，也生病了一陣子，她沒等到夏天結束便離開，依然教皮皮措手不及。他也不信神，但此刻他猶豫著，要不要上天主教教堂燒根蠟燭給他的外婆。死者已矣，所有的儀式寄託全屬於生者。我們想找一間天主教教堂，燃燒那根蠟燭，因為無知，第一個念頭只想到河邊的聖母院。夏季觀光客實在太多，不得其門而入，於是掉頭往河左岸走。

過了橋，就在聖米榭廣場，三角形的聖安德咖啡館前，我們碰見伯納。伯納穿件白襯衫，深藍西裝，沒繫領帶。他單獨一人。沒有侯諾，沒有本雅明，沒有莎賓娜。他整個人沐浴在強烈的陽光底下，白花花，剩下一團朦朧的影子。我們站在路邊聊天，我的眼睛適應了光線，才逐一看清他全身上下的細節，他的襯衫襟口全是黑色汙印，西裝外套袖子撕裂，褲子也破了洞。他的右眼烏青，臉頰嚴重擦傷，下巴也不甚太妙。他看起來像是有人將他五花大綁，跟塊木頭一樣繫在摩托車後，催動油門，拖著走了百公尺，直到他鼻青臉腫，鱗傷累累，才放過奄奄一息的他。

他急切向我問好，態度紳士，語氣依舊那麼熟悉地熱情。

「真高興見到你。」

「你在巴黎？」

「我時常來，我告訴過你，我在巴黎有很多朋友。」

「發生了什麼事？」我指著他的臉。

「我根本不知道怎麼回事。」

「分明有事，伯納。」

「我不知道。警察莫名其妙找我麻煩。」

「什麼時候？」

「昨晚。」

「你做了什麼？」我藏不住焦慮。

「我發誓我什麼都沒做。我只是站在路邊，管好我自己的事。警察不知道發什麼神經，來趕我走。動手動腳，就把我推倒在地上。」

我瞥一眼他的黑眼圈、淤血臉頰，連他擱在桌面的兩隻胖手皆嚴重擦傷，指關節全是血汙。但他照常談他的時佩璞，混血兒，一九六六年的中國。他宣布，他仍計劃再去中國旅行，還要去香港找我。這麼多年下來，我已經明白我很難跟伯納有個正常的談話。他只想談他的中國夢，只希望我幫忙將他的傳奇流傳下去。

我招手叫來服務生，伯納堅持他要付咖啡錢。他從外套口袋摸出一張皺巴巴的藍色鈔票。巴黎物價飛漲，又在觀光區，付了三杯咖啡，那張二十歐元沒剩多少錢。服務生故意丟一堆銅板，暗示我們留小費。伯納的手猶疑了兩秒，畢竟沒摸回任何銅板。他勉力朝我微笑，想要消弭我的憂心忡忡。

我問伯納要去哪裡，他恢復神氣，炫耀口吻：「我巴黎很多朋友，他們都超有錢，他們豪宅的大門隨時向我打開。」

他一轉身，皮皮立刻責怪我，「你不該讓他付錢。明明那就是他最後一張鈔票，你還讓他付錢。」

我無力地申辯，「你也看到了，他很堅持。」

「他好面子，你又不是不懂。」

「我不想撕破他的面子。」

「你何必管他面子，他整個人根本壞了，需要幫助。現在他不知今晚會流落何方。」

我滿心內疚，想要立刻追上去，但伯納已經消失在人群裡。我看不到他了。

隔年，時佩璞在巴黎逝世的消息上了報紙，記者電話採訪人在公立療養院的伯納。報導引述伯納的話：「他做過那麼多對不起我的事，沒有絲毫憐憫之心，我想現在虛情假意說我很難過之類的話未免愚蠢。而今有了新的開始。我自由了。」

我完全能想像伯納在說這些話的神態。他裝模作樣，自覺正在寫歷史。傳奇走到了最後一頁，他是最後的倖存者，由他來寫下最後一個句子，總結故事。他得到蓋棺論定的權利。就在這些句子上網路，鍵入人類知識庫之前，不知這些話究竟在他腦海里反覆演練了幾百萬次。這些年，活在恥辱所帶來的虛妄名聲裡，謊言破裂之後的殘餘陰影下，他是否如同一名勤勞的小說家，時時刻刻，焚膏繼晷，不斷修改他的結局，直到最後一刻，念茲在茲故事是否照他的意願收尾。

他明白（或他渴望）他對時佩璞之死的評論將會變成一條維基百科的信息，供世上千千萬萬人搜尋、閱讀、評論，並翻譯成其他語言。我眼前重新浮現，第一次在上海見到他的模樣，他如何極力要把他的手腳放在適當的位置，擺出深刻的表情，以使他的形象深印在我腦海，永垂不朽。他與他的傳奇。

但，傳奇多少帶有歷史的悲涼，可能世上不少傳奇當年大抵都算作醜聞。某種程度上來說，傳奇算是歷史的廢墟吧。就像星球爆炸，其實是一種慘烈的宇宙現象，隨著時間久遠，時間就是一種距離，爆炸穿越幾座銀河系，最後達到我們的眼球裡，只剩一抹星光，發出鑽石般的燦爛光芒。

在我香港家的客廳地板上，我們頭一次談起拍他紀錄片的可能性。我隨便講講。伯納非常之興奮，他眼睛發亮，告訴我，當年這條新聞多麼轟動，黃哲倫的《蝴蝶君》劇本如何打開他的全球知名度，連他去巴西都有迷哥迷姐排隊要見他。他完全認為這段故事值得一說再說。他希望我去找一筆資金，為了拍這部紀錄片，贊助他去中國住一陣子，搜集資料。他不想見時佩璞，但他知道他住哪裡，如果我需要，他會告訴我，而他後來也的確主動寫了地址，暗示我自己去敲門，即使時佩璞不應客，至少我可以在他門前徘徊，跟鄰居打聽點事情。他說得興高采烈，彷彿一部偉大的紀錄片即將震撼全球，他恐怕早已在腦海描繪他穿著燕尾服打黑色領結參加世界首映的畫面。我認真傾聽，並不馬虎，因為我明白他想要活在傳奇之中的渴望。

醜聞也好，傳奇也好，我從來沒對他說，我對那段故事已經沒了深究的興趣。所有發生在他身上的事都已經變成法院檔案，寫成書籍，拍了電影，網路搜尋，都是一連串公開資訊，漂浮在虛擬時空，像寶可夢的精靈，隨便路人甲路人乙上網去抓。我真正關心的是現在的他。因為迦俐瑪是個舞台上的人物，伯納卻是我的朋友。他有血有肉，坐在夏日的巴黎咖啡館會渾身冒汗，喜歡搭公車遊巴黎，喝起酒來不知節制，吹噓他的過往時，既喜不自勝，又滿眼迷惘。各種人性的弱點，全能在他身上找到。他對我來說，如此真實。而他給我的友誼，如此慷慨。

我的朋友伯納是一輛毀損過頭已不足修復的車輛。人活在世上，謹小慎微，活得那般拘謹不自由，無非為了避免踏錯一步，不小心，整個人生就毀了。然而，路上，看見撞毀的人生卻稀鬆平常。有的面目全非，只剩下殘銅廢鐵，有的中央引擎損壞，縱使外觀完整，卻再也無法往前一步，有的起火冒煙，燒個半毀，還在搖搖擺擺往前行。我們無法控制我們的人生，撞了車，不見得一定會有幸痛快翻滾出去，很多時候大部分人仍留在生命的道路上掙扎，匍匐爬行，或留在原地，靜靜生鏽。我曾碰過一名過氣女明星，當時她已經接近四十歲，歷經了若干醜聞，遭情人拋棄、家人離棄，連當富豪的情婦也當不了，一無所有地窩在台北的二十坪舊公寓，兩眼渙散，顯然毒癮很深，跟我聊天時口齒不清，句子斷斷續續，點菸一根接一根，她就像一座曾經輝煌奪目、而今傾圮倒塌的帝國宮殿，或是遭原子彈轟炸因此很長時間都無法恢復的城市，她不算完全死掉，但她也不算真正活著，她彷彿自己前半生的遺址，存在的目的只為了見證自己過去的絕代風華，她並沒有忘記她的容顏曾經多麼美麗，只要進到一間屋子裡，就令全部的空氣凝結，所有人皆無法呼吸。而今她是一名人人避之唯恐不及的癮君子，活得像雜草叢生的廢墟，而我只能從她時閃時滅的寶石眼神，去想像她當年的美麗。但她抽著菸，我坐在她對面時，我可以看見她的胸脯隨著抽菸的韻律起伏，裡頭應該仍有一顆跳動的心吧。

爆炸就爆炸吧。不幸或許早已結束，幸福也未見得開始。我拿生命莫可奈何，但這是我的生命。

伯納一直叫我去養老院看他。路途太遠，假期太短，時間太少。種種藉口，我遲遲未動身。

也許有一天我將成行。很快。

關於仰望的距離

我生長的城市裡，北面丘陵下，有一條河，河邊有一片機場。入了夜，靠城市這面燈火輝煌，熾如白晝，靠山河那面闇然無聲，風寂夜寥。明亮與黑暗，截然兩個世界，中間躺著這片面積不算遼闊的機場，飛機起起降降，直到深夜。

機場南邊，飛機跑道嘎然終止的盡頭，圍了一排木頭柵欄，柵欄下方不分四季長滿了碧綠野草。一條僅容單輛汽車通行的狹窄道路，沿著柵欄而行，城裡年輕人三兩成群騎摩托車去觀賞飛機起落。在野草荒地上泊好車，個性野一點的，一屁股躍上柵欄橫桿，表情滿不在乎地點上一根菸，個性憂鬱一點的，盤腿坐上柔軟的草地，背靠木欄，若有所思。許多情侶來此約會，好似身在一部加州電影裡，漫無目的將車子開往城市邊緣之後，男孩臂當枕，女孩嬌羞窩進男孩懷裡，頭輕靠男孩下巴，高度恰好讓男孩嗅到她出門之前細心洗濯的髮香，兩人並不交談，齊齊眺望夜空，接下來，只是靜靜等待一個恰當時機接吻。

飛機來了。漆黑夜空，遼闊深廣似大海，飛機機腹碩大，宛如鯨腹，閃著銀白反光，低空掠過，機翼機尾閃爍幾盞像聖誕燈飾的紅色警燈，猶似彩色小魚伴游大魚，在見不到陽光的深海，結隊而行。

飛機轟隆隆從頭掠過，震耳欲聾，淹沒了全部的感官。或許因為除了飛機引擎所發出的巨大噪音，完全聽不見其他聲音，我總是覺得那一刻其實出奇地安靜，眾人俱寂，萬物無聲，一向喧囂無度的城市暫時閉了嘴。全世界均在仰望。頸子拉長，下顎抬高，眼睛朝上，甚至情不自禁高高舉起雙臂，五指張開的手掌彷彿再往前一點，便能觸摸那光滑銀亮的金屬機腹。

我時常錯過飛機滑過頭頂的瞬間。我驚異觀察其他人如何如痴如醉地仰望，自個兒忘了抬頭。

那種全神貫注的神情，好像教徒見證神蹟的驚喜，夾雜虔誠，莫名敬畏，有點不明白自己正在目睹的這件事究竟是怎麼一回事，但覺得幸運，竟能看見這一切，帶種安靜的篤定，認為當下此刻絕對是難得的人生經驗，彷如水手見到了夕陽落到地平線之後最後一道綠光，縱使落日天天發生，飛機日日在這座飛機場起降，此情此景，此生依然難現。

那也是尚未出發之前的心情，一種仍願意相信的純真，容許夢想無忌的慷慨，企圖由自覺渺小受限的立足之點往宇宙深處再多窺探一點。

那是孩童的表情。世界仍是一片混沌，萬物還沒有名字。城市街上，那些被大人牽著走的孩童，身子搖晃，腳步不穩，走在對他們來說什麼都尺寸過大的世界裡。對於這個不是專為他們而設計的世界，他們只能仰望。眼神好奇，充滿疑問，卻毫不懼怕，迫不及待想要拿舌頭嚐嚐桌子的滋味，伸出肉茸茸的小手去試探火的溫度，不懂禁忌的意義而胡亂發問，為什麼我不能吃冰淇淋當早餐，為什麼我不像蝴蝶有翅膀可以飛翔，為什麼我長不出腮能讓我待在海底很久很久不必換氣。沒有不可以，只有為什麼不可以。

世界就像一塊剛新鮮烘焙出爐的蛋糕，擺在桌上，而孩子以為，只要自己高高踮起腳跟，把手伸得老長，一定搆得到。後來等孩子長高了一點，他走到桌邊，不費力氣便輕易舉起那塊蛋糕，他突然發現，蛋糕其實是塑膠模型做的，無色無香，上色拙劣，做工很不精細；或者他注意有人荷槍站在桌角守衛那塊蛋糕，警告這塊蛋糕只屬於特定一群人，他以及其他人沒有權力碰；即便，他有那份口福嚐了一口，發覺蛋糕並沒有想像中那般美味。

凡抵時光，都回不去了。幸福也好，悲傷也好，羞辱也好，喜悅也好，通通一江春水，一去不回頭。真正會令我緬懷的生命情境，從不是一趟特定的旅行或一場歡樂的聚會，而是離真實人生那段朦朧的美感距離，可供我仰望。

這多年來，我習慣仰望，高樓夾縫中的天空，由車窗斜望出去的風景，從地鐵拾階而上回到地面的刹那，即便搭乘飛機時，雲朵之上，依然有那無邊無際的藍色。我猜想，無邊無際的藍色之後會有什麼，雖然我已經知道，沒有什麼，只是無邊無際的黑色。一片深黑靜默的空虛，這個我們叫做宇宙的東西。

原來，我一直仰望的只是這樣可怕的東西。

但我仍舊仰望。就像一個截了肢的人，明知那條腿永不會因為春天來了就重新長回來，照樣自由活動著那條幻肢。路上看見仰望的人，就像在櫥窗見到純潔美麗的蛋糕，會令我駐足觀望，並感到棉花糖般膨脹的甜蜜感動。

我仰望，只為了反抗活著的虛無。沒有幻想，只是提醒。

無名者

Anonymity

作者｜胡晴舫
總編輯｜富察
責任編輯｜洪源鴻
行銷企劃總監｜蔡慧華
封面設計｜ Rivers Yang × Aaron Nieh at 永真急制
內頁排版｜虎稿．薛偉成

出版｜八旗文化／遠足文化事業股份有限公司
發行｜遠足文化事業股份有限公司
（讀書共和國出版集團）
地址｜新北市新店區民權路 108-2 號 9 樓
客服專線｜ 0800-221029
信箱｜ gusa0601@gmail.com
傳真｜ 02-22188057
Facebook ｜ facebook.com/gusapublishing
法律顧問｜華洋法律事務所／蘇文生律師
印刷｜成陽印刷股份有限公司

出版｜ 2017 年 9 月　初版一刷
2024 年 4 月　初版四刷
定價｜ 350 元

國家圖書館出版品
預行編目（CIP）資料

無名者／胡晴舫著／初版／新北市
八旗文化出版／遠足文化發行／ 2017.09
ISBN 978-986-95168-6-0（平裝）
855　　　106014127